Franz Kafka

Das erzählerische Werk

100 YEARS

审判（下）

卡夫卡小说全集（纪念版）

［奥］弗兰茨·卡夫卡 著

韩瑞祥 译

人民文学出版社

PEOPLE'S LITERATURE PUBLISHING HOUSE

这时，他打开窗户，没有什么特别的动机，只是还不想回到办公桌前去。窗户可不那么容易打开，K 不得不用双手去扭动把手。随后，一股弥漫着烟尘的雾气穿过敞开的窗口涌入房间里，室内顿时充满一股焦烟味。几片雪花也飘了进来。“一个多么可恨的秋天啊。”K 的身后传来了那工厂主的说话声。他从副经理那里出来，神不知鬼不觉地进了 K 的办公室。K 点点头，忐忑不安地看看工厂主的文件包，心想工厂主这会儿准会从包里拿出那些文件，把自己跟副经理谈判的结果告诉他。但是，工厂主却顺着 K 的目光看去，只是拍拍自己的文件包，并没有打开它，他说道:“你不是想知道结果？签订交易合同的事已经是十拿九稳了。你们的副经理，可是一个富有魅力的人，不过也是一个绝对不好对付的人。”他一边哈哈笑，一边摇摇 K 的手，也想让他笑起来。但是,K现在又觉得迷惑不解,工厂主为什么不愿意给他看那些文件,而且他从工厂主的话里觉得并没有什么要笑的。“襄理先生,”工厂主说,“你准是让这天气折腾得够呛吧? 你今天看上去这么无精打采。”“是的,”K说着把手按在太阳穴上,“头痛,家庭烦恼。”“一点儿不错,”工厂主说,他是个急性子,从来不会安安静静地听人说完话,“谁都有一本难念的经。”K不由自主地朝门口跨了一步,好像要送工厂主出门似的,可工厂主却说道:“襄理先生,我还有一件小事要跟你说说。我就怕今天来跟你说,正好不是时候,也许会惹你讨厌,可是前些日子来过你这儿两次,都忘了跟你提。要是我再不提的话,以后很可能就没有提的必要了。这样未免有点可惜了。我要跟你说的,实际上对你也许不是没有用处。”K还未来得及回答,工厂主就走到他的近前,用手指节骨轻轻地敲了敲他的胸口,低声对他说:“你犯了一桩案子，是不是？”K十分吃惊地向后一退，立刻大声说道：“这准是副经理告诉你的！”“噢，你弄错了，”工厂主说，“副经理哪里会知道这事呢？”“那你是怎么知道的？”K极力地定定神问道。“我时不时会听到法院里的事，”工厂主说，“我今天要对你说的，也就是这么得来的。”“居然有那么多的人跟法院串通一气！”K垂头丧气地说，拉着工厂主回到办公桌旁。他们又像先前那样坐下来，工厂主说：“只可惜我能提供给你的情况太少了。不过碰上这样的事情，千万不可有一丝一毫的疏忽。再说，我打心底里真想来帮帮你，尽管我帮不了你什么大忙。我们一向都是生意场上的好朋友，可不是吗？既然如此，也该为朋友尽绵薄之力。”K试图去为他今天谈话时的态度道歉，但工厂主容不得K打断他的话；他把文件包紧紧地夹到腋下，拉开急着要走的架势，接着说：“我是从一个叫梯托雷里的人那儿听到你案子的事。他是个画家，梯托雷里是他笔名，我根本不知道他的真名实姓。已经好些年了，他时不时来我办公室一趟，带些小幅画来，我总是收下画——他简直就像个乞丐——，施舍似的给他一些钱。那倒是些不错的画，画的都是荒原风光之类。这种买卖一拍即合，我们俩已经习惯了。可是有过一度，他来得太频繁了，我不高兴地说了他几句，于是我们谈了起来，我很想知道他完全靠画画怎么能维持生计。他的话叫我听了很吃惊，他主要靠给人家画肖像度日。他说，他在为法院工作。我问他为哪个法院。于是，他就把这个法院的事讲给我听。你准能想象得出，我听了他的话感到多么吃惊。从那以后，他每一次来，总会让我听到法院里的最新消息。这样，我就逐渐对法院里的事有所了解了。当然，梯托雷里爱多嘴，我常常不得不让他闭上嘴，这倒不是因为他肯定也在撒谎，而主要是因为像我这样一个生意人，连自己生意上头痛的事都难支撑得住，哪里还会有心思去管闲事呢？不过，这只是顺便说说而已。我心里这么想，说不定梯托雷里能帮你点什么忙。他认识许多法官，即使他本人不会有多大影响，但他起码可以给你出出主意，怎样来对付各种各样有权有势的人。再说，即使他出的主意本身不怎么重要，可照我看来，一旦到了你的手里，那可就非同小可了。我看你跟律师就不相上下。我常常在说：K 襄理简直就是个律师。噢，哪里用得着我为你的案子操心呢？不过说说也好，你愿意去找找他吗？只要有我的介绍，他肯定会尽力帮你的忙。我确实在想，你应该去一趟。当然，不一定今天就去，什么时候找个机会都行。但是，我还要说一句，你别因为我劝你去，就觉得非去梯托雷里那里一趟不可，千万可别这样。如果你认为不用去找他也行，那当然最好就别把他扯进来，或许你自己已经成竹在胸，而梯托雷里一介入反倒会碍事。要是这样的话，你当然绝对不去的好！

毫无疑问，要去跟这样一个家伙讨主意，未免也叫人勉为其难。不管怎么说，你爱怎么办就怎么办吧。这是我的介绍信，这是他的地址。”

K 颓丧地接过信，塞进口袋里。即使在最有利的情况下，这封介绍信能给他带来的好处也远远抵不住他所遭受的损失。工厂主已经知道了这个案子，那个画家在四处宣扬着这个消息。这时，工厂主已经朝门口走去，K 简直难以让自己说出几句感谢工厂主的话来。“我会去找画家的，”他在门口跟工厂主道别时说，“或者写信给他，让他上我这儿来，我眼下忙得不得了。”“我知道，”工厂主说，“你会找到最好的解决办法的。不过，我倒觉得，你最好不要把像梯托雷里这样的人请到银行里来，别跟他在这儿谈案子的事。再说，让你的信落在这样的人手里，也总不大合适吧。不过，你肯定把什么都再三考虑过了，你知道该怎么办。”K 点点头，又陪着工厂主穿过接待室。但是，他尽管表面上显得镇定自若，可内心对自己的茫然失态，不禁诚恐诚惶。他说要给梯托雷里写信，本来只不过是为了向工厂主表示一下，他会很珍重这份亲笔介绍信，马上就考虑怎样去跟梯托雷里联系。不过，照他的本意，当他认为梯托雷里的帮助十分有用的时候，也会毫不犹豫，真的写信给他。而工厂主的一番话，才使他翻然醒悟，那样做会潜伏着危险。难道说他真的已经丧失了自己的判断能力吗？他居然有可能直言不讳地写信请一个来历不明的人到银行里来，在和副经理仅有一门之隔的地方，为了自己的案子向这个人讨教？难道他这样做就不会忽视其他的危险，或者糊里糊涂地陷入危险之中？难道说他简直可能这样做吗？而偏偏现在，正当他要全力以赴出面为自己辩护的时候，不禁这样怀疑起自己的警觉能力来了！他还从来没有过这样的疑虑。难道他在处理业务时所感受到的那些困难现在也开始出现在自己的案子里了？

此时此刻，他思来想去，就是弄不明白，他居然会想到要写信给梯托雷里，请他到银行里来。

他对这件事依然大惑不解地摇着头。这时，办事员走到他跟前，提醒他坐在接待室长凳上的三位先生在等着他。他们要见 K，已经等了好久。现在，他们一听到办事员向 K 通报，都立刻站了起来，谁也不甘坐失这个有利的机会，争先要凑到 K 的跟前。既然银行一方如此无所顾忌，让他们在接待室里白等着浪费时间，他们也就不想有所顾忌。“襄理先生。”其中一个已经开口说。然而,K 却让办事员给他拿来了大衣，在办事员帮他穿大衣的时候，他对这三位先生说:“请原谅，先生们，很遗憾，我眼下没有空接待你们。十分抱歉，我有一桩非常紧迫的业务要去处理，必须马上离开。你们自己也看到了，我刚才给拖去了多长时间。你们最好明天或者别的日子再来行吗？或者咱们可以在电话里商量？或者你们现在可以三言两语把要谈的事简单说说，我过后给你们一个详细的书面答复。不过，最好还是下次来再说吧。”听到K的一番建议，三位先生似乎现在才觉得他们全都白等了，惊愕得面面相觑，哑口无言。“咱们就这么办，好吗？”K问道，朝着正好已经给他拿来帽子的办事员转过身去。透过自己办公室敞开的门，K看见外面雪下得更大了。于是，他竖起大衣领子，一直扣到脖子上。

就在这时，副经理从旁边的办公室里走出来，笑眯眯地看了看穿着大衣正在跟几位客人商量事的K，问道：“你要出去吗，襄理先生？”“是的，”K说着挺起身子，“我得出去办事。”可是，副经理已经转向那三位先生。“那么，这几位先生怎么办呢？”他问道，“我想他们已经等了好久了吧。”“我们已经说好了。”K回答道。然而，这三位先生却再也忍不住了，他们围住K，你一言我一语抱怨说，要是他们的事情不重要，哪会在这儿等上几个钟头呢，更别说他们来就是有重要的事情非得现在商量不可，而且要私下仔仔细细地谈。副经理听了他们一会儿，一边又注视着K把帽子拿在手上，不时地这儿或那儿弹着帽子上的灰尘，然后说："诸位先生，倒有一个很简单的解决办法。如果你们不嫌弃，我很愿意替襄理先生来代劳。你们的事情当然应该马上商议。我们跟你们一样，都是生意人，知道时间对生意人有多宝贵。你们愿意跟我来吗？"他说着打开通往自己接待室的门。

这位副经理多么善于钻空子，他把K现在不得不放弃的一切贪婪地据为己有！不过，难道K非得要放弃这么多吗？他要是怀着懵懵懂懂的、甚至连自己也不得不承认是十分渺茫的希望赶着去找一个素昧平生的画家，那么，他在银行里的声望便会遭受到无法医治的创伤。也许他现在最好再脱去大衣，至少应该把那两位肯定还在旁屋等待着的顾客再争取过来。K也许会去试一试。可就在这时，他看见副经理在他办公室的文档里翻来找去，仿佛这文档是他的。K非常愤慨地走到门口，副经理高声说道："啊，你还没有走！"他朝着K扭过脸去，满脸绷得紧紧的皱纹似乎不是年龄的标志，而是权力的象征。他立刻又翻起来。"我找一份合同书的副本，"他说，"那家公司的代理人说，副本就在你这儿。你愿不愿帮我找一找？"K向前挪了一步，但是副经理说："谢谢，我已经找到了。"说完拿着一大叠文件，显然不只是那合同书的副本，肯定还有许多其他文件，又回到自己的办公室去了。

"现在我敌不过他，"K自言自语道，"不过有朝一日，等我个人的困境结束了，首当其冲的就是要叫他真正尝尝我的滋味，而且要叫他尝个够。"想到这里，心里多少感到有所安慰，于是他吩咐那个早已打开通往走廊的门而恭候着他的办事员，叫他抽空跟经理打个招呼，说他外出办事了，接着便离开了银行。他终于能够拿出一段时间全身心地投入到自己的案子里，心里感到几分欣慰。

他立刻驱车赶去找那个画家。画家住在另一个郊区，正好跟法院办公室所在的郊区遥遥相对。那个区更为贫穷，房屋更加灰暗，大街小巷污秽不堪，融化了的雪水夹带着泥污缓缓地流来流去。在画家住的那栋楼里，大门只开着一扇，可在另外一扇下面贴着墙的地方打开了一个缺口，K 走到近前的时候，发现一股令人作呕、直冒热气的黄色液体从那缺口里喷发出来，有几只老鼠吓得钻进邻近的阴沟里。在楼梯口的下面，有一个小孩趴在地上哭叫，可是谁也难以听见他的哭叫声，因为在大门的另一侧有一家铁匠铺，里面发出震耳欲聋的响声。铁匠铺的门敞开着，三个学徒站成半圆形，手抡榔头，锤打着一个要加工的东西。一大张挂在墙上的白铁皮闪现出苍白的光芒，射在两个学徒身上，映照着他们的面孔和围裙。K 对这一切不过是匆匆地扫了一眼，他巴不得尽快离开这个地方，只想跟那画家说几句话打探一下情况，然后马上回银行去。如果他来这儿哪怕有一丁点儿的收获，对他今天最后结束银行的工作也会带来好处的。他上到四层，喘得上气不接下气，不得不放慢脚步。楼梯和楼层一样，都高得出奇，而那画家又说是住在顶层的一间阁楼里。况且这里的空气令人窒息，楼梯层没有回廊，狭窄的楼梯死死地夹在两道高墙中间，偶尔才看得到几乎开在墙顶端的小窗。正当 K 停下来歇口气的时候，有几个小姑娘从一户人家里跑了出来，嘻嘻哈哈地顺着楼梯奔上去。K 慢慢地跟着她们走，赶上了其中的一个姑娘。她准是绊了一跤才落在了后面。K 和这姑娘一起上楼时问她说："有个名叫梯托雷里的画家住在这里吗？"这姑娘看上去还不满十三岁，稍稍驼着背；她随之用胳膊捅了捅 K，打一侧盯着他。她虽然年纪小小，身体畸形，但一副水性杨花的样儿却叫人不堪入目。她脸上无一丝笑容，投去富有刺激性的挑逗的目光，正儿八经地注视着K。K假装没有留意她的神情，只是问道："你认识画家梯托雷里吗？"她点点头，反过来问道："你找他干什么？"K觉得趁机快快了解一点关于梯托雷里的情况很有必要："我想请他给我画像。"他说道。"给你画像？"姑娘照问了一遍，嘴张得老大，用手轻轻地拍了拍K，仿佛他说了什么特别出人意料或者愚不可及的话。接着，她用双手提起她那本来就短得可怜的裙子，拼命地奔去追赶其他姑娘。她们的喧闹声已经模模糊糊地消失在楼上了。然而，等K再上到楼梯的一个拐弯处时，又跟姑娘们撞上了。她们显然从那个驼背姑娘嘴里知道了K的意图，所以都在这儿等着他。姑娘们站在楼梯两侧，身子贴着墙，而且用手抚弄着自己的裙子，好让K舒舒畅畅地从她们中间走过。一张张面孔，连同这夹道排队，无不混合着天真幼稚与放荡不羁。现在，姑娘们聚拢在一起，嘻嘻哈哈地跟在K的后面，为首的便是驼背姑娘，她充当起了向导。多亏有了她，K才很快找对了路。他本来打算一直顺着楼梯走上去，而她指给他走旁边的一道小楼梯，就可以找到梯托雷里。通往画家房间的楼梯特别狭长，也没有拐弯，一眼就可以看到顶。梯托雷里的房门就在楼梯的尽头。门的斜上方，装着一扇透光的小天窗，跟这道楼梯的其他部分相比，这里显得相当明亮。这扇门是用没有油漆过的木板做成的，上面用红颜色龙飞凤舞地画着梯托雷里的名字。K和随来的姑娘还没有上到半楼梯，显然这嘈杂的脚步声惊动了楼上的人，那扇门随之开了一条缝，一个好像只穿着睡衣的男人出现在门后。“啊！”他看到一群人走上来时喊了一声，顿时又消失了。驼背姑娘高兴得直拍手，其他的则簇拥在K的身后，要推着他快快上去。

　　但是，当他们还正在往上爬着的时候，画

家已经霍地把房门打开，深深鞠了个躬致意，请K进去。而那群姑娘，他全部拒之门外，一个也不让进，无论她们苦苦央求也好，还是她们不听画家的阻拦，硬是往里冲也罢。只有驼背姑娘乘着他伸开两臂的当口溜了进去，可画家连忙追了过去，一把抓住她的裙子，拽着她打了一个转转，然后把她托到门外，让她回到那群姑娘中间。可当画家离开门口的时候，她们却不敢擅自跨越过门槛。K一点也摸不清这到底是怎么回事。从表面上看，似乎彼此友好默契，一切入情入理。站在门外的姑娘们，一个个伸着脖子，冲着画家高声嚷着各种各样打诨卖俏的话；K听不懂她们在说些什么，而画家却哈哈大笑，驼背姑娘在他的手上几乎飞了起来。然后他关上门，又向K躬身致意，跟他握握手后自我介绍说："我是画家梯托雷里。"姑娘们在门外窃窃私语。K指着门说："看来你在这里人缘非常好。""啊哈，这群野丫头！"画家一边说，一边试图去扣上睡衣的领子扣，可就是没能扣住。另外，他光着脚，仅仅穿着一条黄色的麻布宽腿裤，束着一条腰带，长长的带梢摆来晃去。“这群野丫头真让人头疼，”他接着说下去，不再抚弄睡衣了，最上边的那个扣子正好掉了，他搬来一把椅子，请 K 坐下，“我曾经给她们当中的一个画过像 —— 这姑娘今天没有来 ——，从那以后，她们就缠住我不放。我自己在家的时候，她们必须得到我的许可才能进来；可是，只要我一走开，至少总会有一个溜进屋里。她们专门让人配了一把开我房门的钥匙，相互转来借去。你简直难以想象，这有多么讨厌。比如说，我带着一位要画像的女士回家来，掏出我的钥匙打开门一看，就发现驼背姑娘坐在小桌旁边，用我的画笔，往她的嘴唇上涂红，而她照看的小妹妹在屋里翻来捣去，弄得一片狼藉。或者是，这也是昨天才发生的事，我很晚才回家来 —— 请别见怪，我现在这副狼狈相，屋子里乱七八糟的，全都是她们给搞的——，接着说吧，我昨天回到家里，已经很晚了，正准备上床时，忽然有什么东西拧住我的腿。我往床底下一看，就又拽出这么一个野丫头来。她们干吗要这样缠着我呢，我也弄不明白。我又没有企图去引她们过来，想必你刚才也看到了。自然啰，这也打扰了我画画。要不是这画室是免费提供给我的，我早就搬走了。”正在这时，门外传来了一个纤细的声音，听来像是温情脉脉，也像是焦急不安：“梯托雷里，我们现在可以进来吗？”“不许进来。”画家回答道。“就我一个也不行吗？”她又问道。“不行。”画家说着走到门口，把门锁上。

这期间，K四下扫视了一番房间，怎么也想不到，居然会把这样一个可怜巴巴的小洞窟叫做画室。整个房间里，从东到西，由南向北，几乎不足两步长。屋里的地板、墙壁和天花板都是由木板拼凑成的，木板之间处处是缝隙。对着 K 的墙边摆着一张床，上面铺着五颜六色的被褥。房间中央有一个画架，上面放着一张被一件衬衫遮盖着的画，衣袖一直拖到地板上。K 的身后是一扇窗户，透过窗户望出去，一片雾蒙蒙的，除了能看见邻近白雪覆盖的屋顶外，远近什么也看不见。

钥匙在锁孔里转动的响声提醒了 K；他本来就没有打算在这里久呆。于是，他从口袋里掏出工厂主的信，交给画家，并且说："我是从这位先生，也就是说你的熟人嘴里听说你的，我照他说的来这儿找你。"画家草草地看了看信，随手就把它扔到床上。要不是工厂主十分肯定地说起梯托雷里是他的熟人，是一个靠着他施舍的穷汉子，那么，谁现在还真的会相信梯托雷里认识那工厂主，或者至少说还能记得起他呢？此外，画家居然问道："你是想来买画呢，还是来让我画像？" K 十分诧异地看着画家。信里究竟是怎么写的呢？K 理所当然地以为，工厂主一定是在信中对梯托雷里说，K 来这里别无所求，只是为了打听一下自己的案子的情况。只怪他操之过急了，匆匆忙忙就跑到这儿来了！但是，他现在不管怎么说，得应酬一下。他看着画架说：“你正在画像吗？”“是的，”画家说着就把那件衬衫从画架上拉下来，顺手扔到那封信上，“这是一张肖像。一幅佳作，不过还没有最后完工。”真是天赐良机呀，K 觉得现在真的来了谈论法院话题的机会，因为这画上显然画的是一位法官。另外，它跟那幅挂在律师办公室里的画惊人地相似。这里虽说画的完全是另外一个法官：此人身躯肥胖，一大把乌黑浓密的络腮胡子一直伸延到面颊上；再说，那幅是油画，这幅则是用水粉颜色轻描淡写地勾勒出来的。但是，其他各个方面却十分相似：这幅画里的法官也是正要从那高脚宝座上站起来，两手紧紧地按着扶手，一派咄咄逼人的气势。“这准是个法官吧。”K 差点儿脱口说了出来。可是，他暂时却还按捺住自己，走到画前，好像要来仔细地琢磨一下这幅画的细节。K 看不明白，一个站在高脚宝座靠背中间的高大人物是什么人，他因此问起画家。“这个人物还得再三加工。”画家回答道，随手从小画桌上拿来一支彩笔，在这个人物的轮廓上稍稍勾了几笔。可是，他这样做依然使 K 摸不着头脑。“这是正义女神。”画家终于开口说道。“这下子我认出来了，”K 说，“这儿是遮眼罩，那儿是天平。可是，她的脚后跟上不是长着翅膀吗？她不是会飞吗？”“是的，”画家说，“我得遵照嘱托来画成这个样子。其实这是正义女神与胜利女神的结合。”“这可不是理想的结合，”K 笑着说，“正义女神应该巍然屹立，要不天平就会摇晃起来，这样也就没有了公正的判决可言。”“我只听凭于我的委托人的意图。”画家说。“当然啰，一点儿不错，”K 说，他这样评头论足，无意去伤害任何人，“你画的这个人物，站在宝座上，就跟实际中一样。”“不，”画家说，“我既没有见过这样的人物，也没有见过这样的宝座，这些全都是虚构的。不过，人家叫我怎么画，我就得怎么画。”“这是什么意思？”K问道。他故意装作好像没有完全听懂画家的意思，“那不就是一个坐在法官椅上的法官吗？”“是的，”画家说，“可他不是一个高级法官，他从来就没有坐过这样的宝座。”“这么说他是有意让人家画得如此威风凛凛了？他坐在那里俨然一派法院院长的神气。”“是的，那帮先生们就是好虚荣，”画家说，“不过，他们有尚方宝剑，可以这么画像。每个人都有明确的规定，应该画成什么样儿。遗憾的是，你正好不能拿这幅画来分辨服饰和座椅的细节，用水粉颜色不适宜于表现这样的题材。”“是的，”K说，“很奇怪，这幅画是用水粉颜色画的。”“那个法官要我这么画，”画家说，“他要把这幅画送给一位女士。”他看着这幅画，一时似乎产生了作画的兴致，便挽起袖子，顺手抓来几支彩笔挥舞起来。K在观看着，只见那沙沙震颤的彩笔尖下，那个法官的脑袋四边形成了一道淡红色的光圈，似一束束光芒愈来愈暗淡地射向四方。这道逐渐围绕住法官脑袋的光圈，是富丽堂皇的象征，又像是崇高称颂的标志。可是，在这正义女神的周围，除了有一点不易为人察觉的色调外，画面显得十分鲜明，也正是在这种十分鲜明的画面上，正义女神的形象似乎特别地突现了出来。她不再使人联想到什么正义女神，也不用再说什么胜利女神，更确切地说，她现在看起来活像一个狩猎女神。K没有料到，看画家作画居然会使他不知不觉地入了迷。可是，他最后却又责备起自己来，来了这么久，居然连自己的正题还一字未提。“这位法官叫什么名字？”K突然问道。“这我不能告诉你。”画家回答道，深深地倾着身子，俯在画上，明显地冷落了这位他一开始那么彬彬有礼地接待过的客人。K觉得画家的脾气喜怒无常，这使他感到恼火，因为这样白白浪费了他的时间。“你肯定是法院信得过的人吧？”他问道。画家立刻放下彩笔，挺起身子，搓搓两手，笑眯眯地看着 K。“你就干脆实话实说吧，”他说，“你想探听有关法院的事，介绍信里也是这么写的，你首先跟我聊起我的画，好把我争取到手。可是，我并不生你的气，你也许不知道，在我这里不兴来这一套。噢，你用不着来解释！”K 正想要说明一下，却被画家断然拒绝了。然后他接着说：“另外，你说的一点儿不错，我是法院信得过的人。”他停顿了片刻，好像要留给 K 时间，让他甘心去接受这个事实。这时，他们又听到姑娘们在门外发出的响动。她们似乎都拥挤在钥匙孔跟前，说不定可以透过门缝看进屋子里来。K 打消了任何解释的念头，不想让画家再转移话题，也不愿意助长画家的威风，叫他得寸进尺，盛气凌人，以致使人难以接近。于是，他问道：“你这可是官方认可的位子吗？”“不是。”画家简短地回答道，仿佛K的问题使他无话可说了。可是K急于要让他说下去，便又说道：“也是，这种非官方的职务往往比官方的职务更有影响力。”“我的情况正是这样，”画家一边说，一边皱起眉尖，频频地点着头，“我昨天跟那工厂主谈起了你的案子，他问我愿意不愿意帮你的忙，我对他说：‘什么时候让那人来我这里谈谈。’我很高兴，这么快就在这儿见到了你。看来你很关心这桩案子。我觉得，这当然一点儿也不奇怪。或许你把大衣脱掉，好吗？”虽然K并不打算在这儿久呆，不过他倒十分乐意接受画家的请求。他渐渐觉得屋子里的空气闷得难受，好几次诧异地望着墙角上一个显然没有生火的小铁炉子，屋子里的闷热无法解释。当他脱下大衣，正解着上衣扣子的时候，画家抱歉地说：“我就需要暖和。这儿还是很舒适的，不是吗？就这一点而言，这房间的位置十分理想。”K听了这话，一声不吭。实际上，使他感到难受的并不是太热，而更多是那污浊霉腐、几乎令人窒息的空气。这屋子大概已经好久没有通风了。画家请他坐到床上，自己却坐到这屋里仅有的一把放在画架前的椅子上，K越发感到心里不是滋味。此外，画家似乎也不理解K为什么只是坐在床沿上。确切地说，他请K坐得舒服些，见他蛮不情愿的样子，干脆自己走上前去，把K深深地推到床里头的靠枕上。然后他又坐回到自己的椅子上，终于向K提出了第一个实质性的问题，使得K把其他一切全都置之脑后。“你是清白无辜的吗？”他问道。“是的。”K说。他回答这个问题，简直是脱口而出，尤其是他跟人私下这么说，也就用不着去顾忌承担任何责任。直到今天还没有人如此坦率地问过他。为了品尝这心头的喜悦，他又补充了一句：“我完完全全是清白无辜的。”“噢，我明白了。”画家说，他低下头，似乎陷入了沉思。突然，他又抬起头说道：

“如果你是清白无辜的，那么事情就很简单。”K听了这话后眼前一阵发黑，这个自称为法院信得过的人，说起话来竟像一个无知的孩子。“我的清白无辜，并没有使事情变得简单些。”K说。尽管如此，他不得不赔着笑脸，慢慢地摇摇头。“事情取决于许许多多的微妙关系，法院就沉醉于这微妙的关系网中。可是，到头来，法院不知从哪儿便会拽出一个完全无中生有的大罪名来加在你的身上。”“对，对，一点儿不错，”画家说，仿佛K毫无必要地打断了他的思路，“不过，你毕竟是清白无辜的吧？”“那当然啰，这还用问。”K说。“这是最主要的。”画家说。他是不会受反面看法影响的。不过，尽管他讲得非常果断，却叫K弄不清楚，他这么说到底是出于深信不疑呢，还是敷衍塞责。K首先要摸准这一点，于是便说道：“毫无疑问，你对法院的了解要比我多得多，我所知道的不外乎是从各种各样的人那里道听途说来的。不过，他们都一致认为，起诉不是随随便便提出来的，法院一旦提出起诉，就会认定被告有罪。要想使法院改变这种信念，那可是难上加难呀。”“难上加难？”画家问道，一只手向空中一挥，“法院从来不会改变这样的信念。如果我在这儿把所有的法官依次画在一幅画布上，你站在这幅画布前为自己申辩，那么，你将会得到比在真正的法庭上还要多的成效。”“果不其然。”K 自言自语道，竟忘了他只是想刺探一下画家。

门外又传来一个姑娘的喊叫声：“梯托雷里，他还要呆很久吗？”“别吵吵嚷嚷了！”画家大声朝门口喊去，“你们没看见我在跟这位先生商量事吗？”可这姑娘并不甘休，又问道：“你要给他画像吗？”画家没有理睬，于是她又说：“请别给他画了，这么一个丑家伙。”话音未落，就响起了一阵唧唧喳喳乱作一团的起哄声。画家一步跨到门口，打开一条小缝，只见姑娘们那一双双伸开合拢的手在哀求着。他冲着姑娘们说:“你们再要吵闹的话，我就把你们全都扔下楼去。坐到楼梯上去，放规矩些。”也许她们没有立即听从，因此画家不得不厉声吼道:“全都坐到楼梯上去！”这样一来，门外才安静了下来。

“对不起。”画家再回到K跟前时说。K几乎没有朝门口看一眼，他完全听任画家的摆布，随他愿不愿或者怎样保护他。即使现在，当画家朝他俯下身子说话时，他也几乎无动于衷；为了不让门外的姑娘们听见，画家有意凑到K的耳边悄声说:“这群姑娘也是法院子弟。”“什么？”K问道，脑袋扭向一旁，注视着画家。可是，梯托雷里又坐到自己的椅子上，半开玩笑半解释地说:“你不想想，一切都是属于法院的。”“这一点我还没有注意到。”K简短地说了一句；画家这句概括性的议论打消了他刚才讲到姑娘们时的那句话给K所带来的一切不安。尽管这样，K还是朝门口看了好一会儿。门外边，姑娘们现在安安静静地坐在楼梯上。有一个姑娘从门缝里穿进一根吸管来，慢慢地移上移下。

“看来你对法院的事还不太了解，”画家说，他朝前叉开两腿，脚尖不住地点在地板上，“不过，你既然是清白无辜的，那也就没有必要知道了。要把你解脱出来，有我一个就行了。”“你怎样来解脱我呢？”K问道，“你自己刚刚还说过，法院对证据完全是充耳不闻。”“充耳不闻的只是在法庭上对质的证据，”画家一边说，一边跷起食指，好像K没有意识到一个微妙的差别，“然而，在这一方面，如果在幕后活动，那就是另一码事了。也就是说，在顾问室里，在法院的走廊上，或者，比如说，就在这画室里。”K似乎觉得，画家现在所说的不再是那么不可信了。其实，他的话跟他从别的人那里听来的如出一辙。是这么回事，他所说的，甚至充满着希望。如果像律师所说的，法官们都会那么轻而易举地受私人关系的左右，那么画家跟那些好虚荣的法官的关系显得尤其重要了，无论如何也决不可低估。这么一来，画家也就当之无愧地加入了K逐渐搜罗聚拢在自己周围的帮忙人的圈子。曾有一度，K的组织才能在银行里有口皆碑。而现在，他只有凭借自己的力量左右应付，这便给他提供了一个充分考验这种才能的良机。画家注意到了他的一席话使K动心了，于是有点不安地说："你就不觉得我讲起话来几乎像是一个法学家吗？老跟法院那帮人打交道，久而久之，潜移默化，就变成了这样。当然，我从中受益匪浅。可是，一个艺术家的激情也快要荡然无存了。""你当初是怎样跟那帮法官拉上关系的？"K问道，他企图先取得画家的信任，然后才把他纳入为自己服务的行列。"那很简单，"画家说，"这关系是我继承来的。我父亲本来就是法院的画家。这个位子向来就是祖传的。新手也顶不了用。要画不同头衔的法官，就得有各种各样、五花八门，特别是秘不可宜的规则。可除了一定的世家外，谁也不会知晓这些规则。比如说，在那边的抽屉里，我保存着我父亲的所有绘画，从来不给任何人看。可是，只有懂得这些画的人，才有能力为法官画像。不过，即使我失去了这些画，也没有人动摇得了我的位子，那许许多多的规则都深深地扎在了我的脑袋里。确实也是，哪个法官不想让人家把自己画得跟以前那些大法官一模一样呢？这就非我莫属了。”“你这位子真让人羡慕，”K说，他不禁想起了自己在银行的位子，“这么说来，你的位子是不可动摇的？”“当然是，谁也抢不去，”画家得意地耸耸肩说，“正因为如此，我才敢不时地帮助可怜的人打官司。”“那么，你是怎样来帮人家忙的呢？”K问道，好像画家刚才所说的可怜的人不包括他似的。可是，画家不让他打岔，接着说下去：“比如说你的案子吧，你完全是清白无辜的，那么，我的做法如下所述。”画家一再提起K清白无辜，已经使K厌烦了。有时候他觉得，好像画家这样说来说去，无非是想把判定这案子必然有好的结果作为他要提供帮助的前提，而这样的帮助自然而然也就毫无意义了。尽管K心里有这样的疑虑，但他还是极力克制自己，不去打断画家讲话。他不想放弃争取画家的帮助，这一点他已打定了主意。而且在他看来，这种帮助绝对要比那律师的帮助可信。在这二者之间，他甚至宁可选择画家的帮助，因为他显得更善良，更直率。

画家把他的椅子拉到床跟前，压低嗓门继续说道:“我忘了先问你，你希望获得哪一种开释。有三种可能性，那就是: 真正开释，假释和拖延审理。真正开释当然是最理想的，只是我对这种解决方式无力施加丝毫影响，一点儿法子也没有。照我看，根本没有任何一个人说了就能够达到真正开释。在这里，也许惟有被告的清白无辜会起决定作用。然而你是清白无辜的，那你单凭着这一点似乎就真有可能。不过，这样一来，你便不需要我和别的任何人的帮助了。”

这番井井有条的议论开初惊得K目瞪口呆，可是，到了后来，他也像画家一样低声说道:“我觉得你说的自相矛盾。”“你说怎样自相矛盾呢？”画家非常坦然地问道，笑眯眯地把身子往后一靠。画家的笑容唤起了K的感觉，仿佛他现在要着手揭穿的不是画家言语上的矛盾，而是法庭审讯之中的矛盾。尽管如此，他没有踟躇不前，而是直言相对:“你开头说道，法庭不管证据不证据，过后你把这话又仅限于公开的法庭上，而你现在甚至说，一个无罪的人在法庭上是不需要任何帮助的，这其中就包含着矛盾。再说，你开头说过，法官会受到私人关系的左右，而你现在却否认，你所称道的真正开释从来都不会通过个人施加影响获得。这便是矛盾之二。”“这些矛盾都是不难解释明白的，”画家说，“这里所说的是截然不同的两回事儿：一个说的是法律中所规定的，一个说的是我亲身体验的，你不能把二者混为一谈。在法律中——不过我也没看过——，一方面自然有无罪者应无罪开释的规定。可另一方面，却不会写上法官可以受人左右的条款。那么，我所经历的恰恰与之相反。我没有见过一个真正开释的案子，可我经过许多靠着人际关系了结的案子。当然，也可能在我所知道的案子里，没有一个被告是无罪的。可是，这真的可能吗？在那么多的案子中，难道就没有一个是无罪的吗？我小的时候，每当父亲在家里谈到案子的事，总是听得很仔细；还有那些到他画室里来的法官们也总是谈法院的事，在我们这个圈子里，这简直就是惟一的话题了。等到我有了自己上法院的机会，我总是充分利用这些机会去关注那些处于关键阶段的案子，而且，只要案子不是遥遥无期，就关注到底。可是，我得承认，我连一次真正开释的案子都没有碰到过。”“这么说来，一个无罪开释的都不会有了，”K说，仿佛他在对自己，对着自己的希望在说话，“不过，这倒证实了我对这个法院业已存在的看法。由此可见，就是从这方面来看，法院也是一个名存实亡的躯壳。一个刽子手就可以包办整个法院。”“你可不能这样一概而论，”画家不高兴地说，“我不过是谈谈经验而已。”“这就够了，”K说，“或者你还听到过更早以前有过无罪开释的案例呢？”“这样的无罪开释，”画家回答道，“应该说肯定是有过的，只是十分难以断定。法院的最终裁决是不会公布的，连法官们都无法摸得透。因此，要说过去的案例，不过是存在于传闻之中。可以肯定，这些传闻甚至大多数都说的是真正的无罪开释，而且可以使人相信，可就是无法查证。尽管如此，这些传闻可不能完全置之不顾，因为其中无疑包含着某些真实的东西。再说，它们也非常优美动听，我自己就拿这样的传闻当题材，画过几幅画。”“光是传闻可改变不了我的看法，”K说，“到了法庭上，总归不能拿这些传闻当依据吧？”画家笑了起来。“不能，当然不能这么做。”他说。“那么，现在谈论这个就没有什么用处了。”K说，他打算暂且接受画家的所有看法，即使他认为那些看法是难以置信的，而且跟别的说法相矛盾，那也无妨了。他现在没有时间去追究画家所说的到底有多少是真的，更没有时间去反驳他；他最迫切希望的就是打动画家来帮他的忙，无论怎样都行，哪怕帮不到点子上也行。因此，他说：“那么，我们就撇开这个真正开释的话题吧。你刚才不是还提到另外两个可能性吗？”“假释和拖延审理。就剩下这两个可能性了，”画家说，“不过，你要不要先脱掉上衣呢？然后我们再谈这些。我看你好像很热。”“好吧。”K说，他一直只顾听着画家没完没了的解释，竟什么都忘了。可是现在，画家一提起热，他的额头不禁汗珠滚滚。“简直受不了。”画家点点头，好像十分理解K不舒服的感觉。“可不可以打开窗户呢？”K问道。“不行，”画家说，“那不过是一片固定在上面的玻璃，打不开。”K现在明白了。他一直在盼着画家或者自己突然走上前去打开窗户，即使是吸进去尘雾也不在乎了。在这里，跟空气彻底隔绝的感觉不禁使他头晕目眩。他把手轻轻地搭在自己身旁的羽绒被上，有气无力地说：“这样真的不舒服，也不健康。”“噢，不对，”画家替自己的窗子辩护说，“这窗户固定在上面，虽说只是单层玻璃，却比双层窗更能保暖。我要想通通风，只要打开一扇门，或者两扇门就行了。其实通气也没有太大的必要，到处都有空气从这些缝隙钻进来。”听了这番解释，K心里稍微平静了一些。他四下看看，想找出第二扇门来。画家注意到了他在干什么，便说道：“门就在你背后，床放在那儿，只好把它堵住了。”K这才发现墙上那扇小门。“这地方做画室用实在小得可怜，”画家说，好像有意抢先说出来，要堵住 K 挑剔的嘴似的，“我得想方设法来布置。床挡在门前，当然摆得不是地方。就说现在正让我给画像的那个法官吧，他总是打床边这道门进来，我也给了他一把开这道门的钥匙。万一我不在家时，他便可以开门进来在里面等我。可是，他一般都是一大早就来，我还在睡觉呢。当然，不管我睡得多么熟，只要床边的门一开，我总会被惊醒。当他从我的床上爬过去时，欢迎他的就是我不绝的叫骂声了。你要是能听得到的话，任何对法官的崇敬之意顿时就会烟消云散。我当然可以从他手里收回钥匙，不过，这么一来，只会把事情弄得更糟。要弄开这两扇门，根本用不着费吹灰之力。”画家讲这番话时，K 一直在考虑要不要把上衣脱掉。然而，他最后意识到，如果不脱去上衣，就无法继续在这儿呆下去了。于是他脱下上衣，把它搁在膝盖上，以便谈话一结束，马上就能再穿上。他刚一脱下上衣，门外就有个姑娘大声叫道:“他把上衣都脱了！”随后便听到姑娘们一个个挤到门缝跟前，想亲眼看看里面的洋相。“姑娘们以为，”画家说，“我要给你画像了，所以你脱去了衣服。”“是这么回事儿。”K并不怎么感兴趣地说。他现在虽然只穿着衬衫坐在这儿，可觉得比先前好不了多少。他几乎闷闷不乐地问道:“另外那两种可能性怎么说？”他连这两个名称都忘掉了。“假释和拖延审理，”画家回答道，“这两种怎么选择就在于你了。反正我都可以帮你实现，当然不会一帆风顺，得费一番艰辛。而在这一方面，两者的区别在于: 假释要求短时间内集中力量使足劲，拖延审理则要求持续性地使使劲就行了。那么就先谈谈假释吧。如果你要选择这一种的话，我就拿张纸来，为你写一份无罪证明书。这样一个证明书的文本是我父亲传给我的，那可是无懈可击的。然后，我就带着这份证明书，把我所认识的法官都跑一跑。那么我想先从现在正让我画像的这位法官开始；我今天晚上等他来开会时就把这个证明书递给他。我把证明书交给他，向他申明你是无罪的，并且我自己担保你是无罪的。但是，这可不只是一种形式上的担保，而是一个名副其实的、负有责任的担保。”在画家的目光里，似乎隐含着一丝责怪的神情：K 居然要把这么一个担保的重任放在他的身上。“你真是太好了，”K 说，“法官是会相信你的。尽管如此，他真的会无罪开释我吗？”“就像我刚才说的，”画家回答道，“再说，谁也不敢完全肯定，每个法官都会相信我。比如说，有些法官会要求我领着你去让他们见一见。这样一来，你就得跟我跑一趟。可是，一旦出现了这样的情况，那就意味着事情已经成功了一半，我事先自然会详细告诉你，见什么样的法官，要采取什么样的态度。但糟糕的是那些一见就把你拒之门外的法官，这样的事也难免不发生。要是碰到这样的法官，我们也只好作罢了。但是，我当然不会轻易放弃多方的努力。不过，我们甩开他们也无妨，因为法院里不可能是一个人说了算。现在说来，等我争取到足够数量的法官在这份证明书上签了字，马上就带着它去见正好审理你这案子的那位法官。我也可能得到他的签字。这么一来，一切事情就比平常进展得要迅速些。一般说来，案子办到这一步，就不会再出现太多的障碍了。对被告来说，这就是他感到充满信心的高潮时刻。人们在这个时候要比真的无罪开释后更充满信心，似乎不可思议，但实实在在如此。他们用不着再特别费心了。主审法官手头上握着由一些法官签名担保的证明书，也可以放心地判你无罪开释了。毫无疑问，尽管还有各种各样的手续需要履行，但他看在我和他自己一些朋友的面上会这么做的。而你就能走出法院，获得自由。”“这么说来，我到时候就自由了。”K 将信将疑地说。“是的，”画家说，“不过只是表面上自由了，或者说得更确切些，是暂时自由了。我的熟人都属于最低一级法官，他们没有最终判决无罪开释的权力，这种权力只由最高法院掌握，而最高法院是你、我和大家都无法接近的。那儿的情况怎么样，我们无从得知，再说，我们也不想知道。说到底，我们的法官没有最终判处无罪开释那么大的权力，但是他们无疑有权力暂时解除你被控告的罪责。这就是说，如果你这样开释了，便暂时摆脱了控告。但是它依然继续盘旋在你的头上，只要上面一来命令，立刻就会再加在你的身上。我跟法院的关系如此密切，因此我也能够告诉你，在法院各项办事规章中，真正开释与假释的区别纯粹流于形式。宣判无罪开释时，诉讼案件应该全部封存，从审理程序中彻底消失，不仅是起诉书，还有审理程序文件，甚至也包括判决书都从审理程序中销毁，一切都从审理程序中销毁。而假释时就不是这样；案卷本身只是加了无罪证明书，无罪判决书和判决说明书，别无其他。此外，案卷依然辗转于审理程序之中，依照法院那持续周转的办事原则，呈转到高一级的法院，又退回低一级的来，呈上递下，紧一阵儿，慢一阵儿；这儿停停，那儿歇歇，就这样转来转去，案卷的辗转旅程是无法计算的。从局外看，人们会得到一个假象，以为一切早已被忘却，案卷丢失了，无罪开释已成为彻底的无罪开释了。可是，了解内情的人都不会这么想。其实，案卷安然无恙，法院里根本没有忘记这一说法。有朝一日——谁也无法预料——，哪位法官忽然拿起案卷来琢磨出了味道，觉得这个案子的起诉依然有效，立即就会下个逮捕令。我这么说，因为我相信从假释到重新逮捕隔着很长一段时间，这是可能的，我就听说过这样的情况。但是，同样也会有这样的可能：被无罪开释的人从法院回到家，却发现已经有人奉命等着又要逮捕他。于是，他刚获得的自由又化成了泡影。”“那么，这桩案子又得从头审理吗？”K简直难以置信地问道。“当然啦，”画家回答说，“这桩案子是得从头审理起。不过，又会像前一次一样，有可能再次争取到无罪开释。人们又得全力以赴从头做起，千万不能泄气。”他讲出最后这句话，也许是冲着K的，他发现K垂头丧气的样子。“可是，”K说，仿佛他现在有意要抢先在画家吐露说法前似的，“第二次争取获得无罪开释岂不是比第一次更困难吗？”“在这一点上，”画家回答道，“谁也不敢断言。我看你的意思是，第二次逮捕会影响到法官们作出不利于被告的判决，对吗？情况并不是这样。法官们在第一次宣判无罪开释时，就已经预见到可能再次逮捕。因此可以说，这种情况没有什么影响。但是，也许由于种种别的原因，诸如法官们的情绪以及他们对案件的司法判断等等，也会发生根本性的变化，争取第二次无罪开释的努力必须顺应业已变化的情况。一般说来，也必须像争取第一次无罪开释时那样想方设法，顽强不屈。”“可是，第二次无罪开释依然还不是最终判决。”K说着不以为然地转过头去。“当然不是，”画家说，“有第二次无罪开释，就会有第三次逮捕，跟着第三次无罪开释，还会有第四次逮捕，依此类推，没有穷尽。这就是假释的本质所在。”K不置可否。“很显然，你好像觉得假释不可取，”画家说，“也许拖延审理更合你的心意。要不要我给你说说拖延审理是怎么回事？”K点点头。画家满不在乎地往他的椅子上一靠，睡衣大敞了开来。他伸进一只手，抚摩着胸部和两肋。“拖延审理，”画家说，他向前方看了一会儿，好像在寻思着一个完全贴切的解释似的，“拖延审理就是让案子始终徘徊在最初的诉讼阶段。要想取得拖延审理，就需要被告和帮忙的人，尤其是帮忙的人，始终跟法院保持直接联系。我不妨再说一次，这么做并不需要像争取假释那样耗费精力，但是却需要保持高度警觉。你得时时密切关注案子的情况，定期去找找主办法官。要是碰到紧急情况，还得专门跑跑，而且要想方设法跟他拉好关系。如果你本人不认识这个法官，那就应该通过你所认识的法官去给他施加影响，但万万不可因此而放弃争取直接跟他面谈的努力。如果你把这些事都办得妥妥帖帖，那你就可以满有把握地断定这桩案子出不了它的第一阶段。虽然诉讼并没有停止，但是被告几乎逍遥法外，就像一个自由人一样。跟假释比起来，拖延审理好在被告的前程不是那么虚无缥缈，他不会遭受突然逮捕的惊恐，用不着提心吊胆，也免得在种种特别不适宜的时候承受紧张和惊恐的刺激，而这些在获得假释后则是不可避免的。当然，对被告来说，拖延审理也有某些不利之处，这是不可忽视的。我这么说，考虑的并不是被告在拖延审理中永远不会获得真正的自由。其实，从根本上说，得到假释后，也不是真正自由了。我这里说的是另一面的不利。要想拖住案子，起码得找些掩人耳目的理由。因此，对外得做做样子，让人觉得案子没有停下来。这就是说，必须时不时做出各种安排，传讯被告，进行调查等等。尽管案子人为地限定在一个小圈子里，但它恰恰必须持续不断地运作。这当然会带来一些让被告感到不愉快的事情，可你别把这事想得太严重了。说实在的，这一切仅仅是走走过场而已，比如说，传讯只是简短了事；如果你有时候没有空或者不想去，就可以找个托词不去；你甚至可以跟有些法官事先商量好一个长时间的安排。说来道去，归结为一句话：因为你是被告，所以就要时时去找一找你的主办法官。”画家讲最后几句话的时候，K 已经把上衣搭在胳膊上站了起来。“他已经站起来了！”门外立刻有人喊道。“肯定是这儿的空气让你呆不下去了。实在很抱歉。我还有话要对你说。我不得不长话短说了。但愿我所说的你都听明白了。”“是啊。”K说，他由于极力强迫自己去听画家讲话，有些头昏脑涨。尽管K已经表明画家讲得很清楚，可画家把他所说的一切又总结了一遍，好像要给踏上归程的K送去一份安慰：“这两种方法的共同之处在于使被告免受宣判。”“可是它们也不能使被告真正获得无罪开释。”K低声说，仿佛他不好意思说出自己认识到这一点。“你一语点破了事情的本质。”画家连忙说道。K把手搁在大衣上，却连穿上衣的决心也下不了。他恨不得把大衣和上衣卷成一团，拎上就奔到外面去呼吸新鲜空气。门外的姑娘也不可能打动他去穿上衣服，尽管她们已经过早地嚷嚷起他在穿衣服。画家极力想猜度出K的心境，因此说道：“你大概对我的建议还没有做出抉择吧。这是合情合理的。你真要立即做出了决定，我还要劝你三思而后行呢。现在利弊分明，一切都得仔细权衡。当然，事情也得抓紧，不宜拖得太久。”“我很快会再来的。”K说道，他突然下了决心，穿好上衣，随手把大衣往肩上一搭，匆匆朝门口走去；门外那群姑娘一下子尖叫起来。K觉得自己透过那扇门看见了她们在尖叫。“你说话可要算数啊，”画家说，他没有去陪着K，“要不然我就自己去银行里找你过问了。”“你们把门打开好吗？”K说着去拉了一下门把手，发觉姑娘们在门外死死地拉住不放。“难道你想叫那帮姑娘给缠住吗？”画家问道。“我看你最好还是从这边出去吧。”他指着床后的那扇门说道。K照着画家的指点，转身回到床跟前。可是，画家却没有去打开那扇门，而是钻到床底下问道：“且再等一会吧，你想不想再看看一两幅画？也许你有兴趣买它呢。”K不想失礼，画家对他的确够热心了，而且答应继续帮他的忙，更何况由于K的疏忽，还根本没有提起帮忙付报酬的事。因此，K现在无法拒绝他，只好让他拿出画来看看，尽管他急得浑身打战，恨不得立即离开这间画室。画家从床底下拉出一叠没有镶框的画来，上面盖着一层灰尘。他试图吹去最上一层画上的灰尘，顿时尘埃在K的眼前飞飞扬扬，呛得K好久喘不过气来。“一幅荒野风光。”画家一边说，一边把画递到K的手里。上面画着两棵弱不禁风的枯树，彼此隔得老远，孤零零地立于苍苍茫茫的草地上，背景是绚丽多彩的落日。“漂亮，”K说，“我买下了。”K不假思索，如此简短地敷衍了事。他看到画家并没有在意他说的，而是从地板上又捡起一幅画来，心里不免高兴起来。“这幅跟那幅是姊妹画。”画家说。这幅或许是打算画成姊妹画的，可是却让人看不出跟那一幅有一丝一毫的不同；这里也是两棵树，也是一片草地，也是一轮落日。然而，K心不在此。“两幅优美的风景画，”他说，“我都买下了，我将把它们挂在我的办公室里。”“你看来好喜欢这个题材，”画家说着又拿起一幅画来，“很凑巧，我这儿还有一幅类似的画。”又是一幅荒野风景，与其说是类似，倒不如说是彻头彻尾的雷同。画家不遗余力地利用这个机会，要把一堆推不出去的老画都塞给K。“这幅我也要了，”K说，“这三幅一共多少钱？”“下次再说吧，”画家说，“你现在急着要走，我们反正来日方长啊。再说，你喜欢这些画，叫我好高兴，我要把床底下所有的画一起送给你。全都画的是荒野风景，我已经画了许多荒野风景画。有一些人就是不喜欢这样的画，说什么气氛太忧郁。可是，另有一些人，比如像你吧，偏偏就爱的是忧郁的格调。”然而，K现在毫无心思去听这位乞丐画家的职业经验之谈。“你把这几张画包起来吧，”K大声说，打断了画家的唠叨，“明天我让办事员来取。”“大可不必，”画家说，“我想，我可以找一个人跟你把画送去。”说完，他终于身子俯在床上，把门打开了。“不要紧，你就踩着床过吧，”画家说，“谁进来都要打床上过。”其实，就是画家不这么请，K也会毫不顾忌地这么做，甚至已经把一只脚踩到了弹簧床的中间，从敞开的门往外一看，跨出去的脚不禁又收了回来。“这是怎么回事？”他问画家。“你这么大惊小怪什么呢？”画家反问道，自己也觉得奇怪了，“这儿是法院的办公室。难道你不知道这儿是法院的办公室吗？法院的办公室几乎遍布于栋栋楼房的阁楼上，为什么偏偏这栋楼里会少了呢？我的画室本来也是法院的办公室，不过法院把它让给我用了。”K并不太吃惊在这里也发现了法院的办公室，他在为自己对法院的事一无所知而大为吃惊。在他看来，一个被告行为的基本准则就是时时事事有备无患，永远不会使自己感到出乎意料，决不能当法官出现在你的左面时，你依然稀里糊涂地看着右面，——他偏偏一次又一次地违反了这个基本准则。在他的面前，伸展出一条长长的走廊，一股气流冲面而来。相比之下，画室的空气倒还新鲜。走廊两边摆着长凳，跟审理

K 一案的法院办公室的走廊里一模一样。看来法院办公室的布置都有统一明确的规定。眼下走廊里来来往往也没有多少办事的。一个男人欠着身子靠在长凳上，脸趴在胳膊上，似乎在睡觉；另一个男人站在走廊半明半暗的尽头。这时，K 从床上踩过去，画家拿着画跟在他后面。他们一出门就碰上了一个法院听差 ——K 现在已经从金纽扣上辨认得出所有的法院听差；他们身穿便服，上面除了普通的纽扣外，都有一枚金扣子 ——，画家吩咐他，陪着 K 把这些画送去。K 掏出手帕，捂在嘴上，踉踉跄跄地往前晃去，哪里像在走路。他们快到出口时，那帮姑娘朝他们蜂拥过来，K 终归还是未能避开她们。姑娘们显然是看见画室的第二扇门打开了，便急忙绕个圈子赶了过来，想打这边冲进去。“我不能再送你啦！”画家哈哈笑着大声说道，他被姑娘们团团围在中间。“再见吧！ 别考虑得太久啦！”K 连头也不朝他回一下。到了马路上，他立即叫住了迎面而来的第一辆出租马车。他急于要甩脱这个听差，那枚金扣子直刺得K惶惶不安，尽管它平常很可能不会引起任何人的注意。殷勤的听差上了车，还要坐在车夫的身旁，K却把他赶了下去。K回到银行时，早已过了中午。他真想把这些画都扔在车里，可又怕哪一天画家来让拿出来看看。因此，他让把画拿进办公室，锁在自己办公桌最下边的抽屉里，至少在往后的日子里，免得让副经理看到。

Franz Kafka

Das erzählerische Werk

Der Prozess

商人布洛克——解聘律师

K终于下定了决心，不让那律师代理办案了。这么做是否合适，他依然疑虑重重，可是，他深信非得这么做不可。在要去见律师的那天，为了下这个决心，K耗去了很多精力；他办起事来特别缓慢，不得不在办公室里待了很久，直到十点钟，才好不容易来到律师的门前。在按门铃前，他还在思考着是不是打电话或者写封信给律师谈解聘的事要好些。当面谈这样的事，未免让人太难堪了。尽管这样，K还是不愿意放弃面谈；换个别的方式来解聘，律师要么无声无息地默认，要么冠冕堂皇地回几句话接受，而K除非可能从莱尼那儿探听到一点情况，否则就永远不会知道，律师对解聘有什么反应。照律师的看法，K这么做又会对自己招来什么样的后果呢。律师的意见，不可小看啊。然而，如果律师跟K面对面谈起来，他会对解聘的事感到诧异，即使他藏而不露，K观其神色和举止，也能够轻而易举地琢磨出他想要说的一切。甚至也不排除：他会被说服，还是觉得委托律师辩护为好，再把解聘收回来。

跟往常一样，K第一次按响律师的门铃后，里面没有反应。“莱尼不应该这么拖拖沓沓。”他心想着。不过，如果没有第二个人插进来，这可是好事。平常总有人爱管闲事，无论是那个穿睡衣的男人，还是别的什么人，跟着凑上来，挺扫兴的。K第二次按响门铃时，扭头朝另外一扇门瞥了一眼。这一回，那扇门却依然关得严严实实。终于有两只眼睛出现在律师门上的观察孔前，但不是莱尼的眼睛。有人打开了门上的锁，却用身子暂时还堵着门，朝里屋喊了一声：“是他来啦！”然后才敞开了门。K逼到门前，已经听到在那人身后，有钥匙在另一间房门上的锁孔里匆匆旋动的响声。门一打开，他便冲到了前厅，正好瞥见莱尼穿着睡衣穿过房间的通道溜走了。开门人刚才的警告声就是传给她的。他盯着莱尼的背影看了一会儿，然后回过头来，打量起开门人。他身材矮小，瘦骨嶙峋，蓄着一把络腮胡子，手里举着一支蜡烛。“你在这里做事吗？”K 问道。“不是，”这人回答道，“我不是这儿的人，律师是我的代理人，我是为一桩诉讼案子来找他的。”“来这里连外衣都不用穿吗？”K 一边问，一边打着手势，指着他那洋相百出的衣着。“啊哈，请别见怪！”这人说，他打着烛光照了照自己，仿佛压根儿就不知道自己是这副样儿似的。“莱尼是你的情人吧？”K 直率地问道。他稍稍叉开两腿，双手背在背后，拿着一顶帽子。面对这个干瘪的矮家伙，一件裹在身上的厚实大衣已经给了他居高临下的感觉。“噢，天啦，”这人说着举起一只手遮在面前，十分吃惊地予以否认，“不，不是，你到底在想些什么呢？”“你看来像是个老实人，”K 微笑着说，“不管怎么说，—— 走吧。”K 挥着帽子向他示意，让他走在前面。“你叫什么名字？”他们往里走去时，K 问道。“布洛克，商人布洛克。”矮个子转过身来自我介绍说，K 却不让他停住步子。“这是你的真名吗？”K 接着问道。“当然是，”对方答道，“你为什么不相信呢？”“我是在想，你可能会有隐姓埋名的原因吧。”K 说。他现在觉得是如此的自由自在，就像一个人到了异国他乡，和一伙卑贱的人讲话时才会这样；对于自己的一切可以藏而不露，却一味泰然自若地谈论着他们的轶闻趣事，以此在自己面前抬高他们，但也可以随心所欲地弃之于不顾。当他们走到律师书房门口时，K 停了下来，打开门，叫住老老实实往前走着的布洛克：“别那么急着往前走！过来照一照这儿！”K 心想莱尼可能会躲在这儿，他让商人照遍了每个角落，可是，办公室里连个人影也没有。K 走到那幅法官画像前时，从背后拉住商人的背带，把他拽了回来。“你知道这人是谁吗？”K 用食指指向高处问道。

商人举起蜡烛，眼睛一眨一眨地朝上看去，随之说道："是一位法官。""一位高级法官吗？"K问道，他闪到商人一旁，想看看他对这幅画有什么反应。商人毕恭毕敬地仰头看去。"是一位高级法官。"他说。"你的眼力不大好啊，"K说，"他是低级预审法官中最低一级的。""噢，我想起来了，"商人把举着烛火的手放下来说，"我也听到人家这么说过。""那当然啦，"K大声说道，"我居然会忘记，你当然一定听说过了。""可是，到底为什么呢？为什么说我一定听说过了呢？"商人问道，这时，他被K用手推着朝门口挪去。走到外面过道上时，K说："想必你知道莱尼躲在什么地方吧？""什么躲不躲？"商人说，"不，她可能在厨房里给律师做汤呢。""你为什么不一开始就告诉我呢？"K问道。"我本来想带你去那儿，而你却把我叫了回来。"商人回答道，似乎给这矛盾重重的要求弄得摸不着头脑。"你大概以为自己很会玩把戏，"K说，"那么你就带我去吧！”K从来还没有到过厨房，里面大得惊人，陈设富丽堂皇。就说那炉灶，有普通炉灶三个那么大；其他东西不可能看得仔细，因为只有一盏小灯，挂在厨房进门的地方。像往常一样，莱尼穿着白围裙，站在灶台旁边，正往放在一个酒精炉上的锅里打鸡蛋。“晚上好，约瑟夫。”她扭过脸来，瞥了一眼说。“晚上好。”K说，他摆摆手叫商人坐到旁边的一把椅子上去，他顺从地坐了过去。但是，K却走上前去，紧贴在莱尼的背后，附在她的肩膀上问道：“这人是谁？”莱尼一只手搅着汤，另一只手搂住K，把他拢到自己面前说：“他是个可怜巴巴的家伙，一个不幸的商人，名叫布洛克。你只消瞧瞧他那副样子就明白了。”他们俩都回过头去看了看。商人坐在K指给他的椅子上，吹灭了手上的蜡烛，现在也没有必要再点着它了，他又用手捏灭烛芯，免得冒起烛烟。“你就这样穿着睡衣。”K说着把莱尼的脑袋又扭回到灶台上。她一声不吭。“他是你的情人吧？”K问道。她正要伸手去端汤锅，可是K却抓住她的两手说：“回答我！”她说：“去书房里，我把一切都告诉你。”“不行，”K说，“我就要你在这里说给我听。”她依偎在他的身上想去吻他，却让K挡开了，并且对她说：“我不想让你现在来吻我。”“约瑟夫，”莱尼说，她用央求而坦率的目光正视着K，“我想你不会去猜忌布洛克先生吧。——卢迪，”她然后转身对商人说，“你倒帮我一把呀，你不看看他怀疑起我了，把蜡烛放下。”人们或许会以为这商人心不在焉，可是，他对莱尼的话却心领神会。“我也弄不明白，你有什么好猜忌的呢。”他平平淡淡地说道。“说实在的，连我自己也说不清呢。”K说，他看看商人笑了笑。莱尼顿时哈哈大笑，趁着K一时不在意，挽住他的胳膊悄悄地说：“现在别再提他，好吧！你不看看他是什么样的人吗？我对他客客气气，因为他是律师的一个主要委托人，没有任何别的原因。可你怎么样呢？你今天晚上还打算跟律师谈吗？他今天身体很糟糕。不过，你要谈的话，我就去告诉他。可你今晚一定要留在我这儿。你可是好久没有来我们这儿了，连律师也问起了你。千万别耽搁了你的案子！我也听到了各种风言风语，有些话要对你说。不过，你先把大衣脱掉再说吧！”莱尼帮他脱下大衣，接过他手里的帽子，拿去挂在前厅里，然后又跑回来看看煮在锅里的汤。“我是先去说你来了，还是先把汤给他送去？”“你先去告诉他吧。”K 说。他气鼓鼓的样子；他本来打算跟莱尼认认真真地谈谈自己的事，尤其是解聘律师这个伤脑筋的事，可是，商人出现在这儿，使他要谈的兴致一扫而光。但是，他忽然又觉得自己的事太重要了，怎么能受一个小小的商人的干扰呢？于是他又把已经走到过道里的莱尼叫了回来。“你还是先给他送汤去吧，”他说，“喝了汤，他才会有精神跟我谈话，他也需要这样。”“原来你也是律师的一个委托人。”商人坐在角落里低声说道，好像得到了证实似的。可是，他的话却惹得对方很不高兴。“这关你什么事？”K说。莱尼随之插了一句：“你别多嘴好不好。”接着她又对K说：“好吧，我这就先给他送汤去，”说着她把汤盛在碗里，“只怕他一会儿睡着了，他总是吃完饭后很快就睡觉。”“我要对他说的，会叫他睡不着觉的。”K说，他始终有意装作要让人家看出他打算跟律师商量什么重要的事，期盼莱尼先来询问是怎么回事，到时候才向她问主意。可是，莱尼只是一丝不苟地按照他的吩咐去做。她端着汤从他身边走过的时候，故意含情脉脉地推推他，悄悄地说：“他一喝完汤，我马上就告诉他说你来了，好让你尽快地回到我身边来。”“去吧，”K说，“快去吧。”“亲切一点好不好。”她说道。莱尼端着汤走到门口时，又一次完全转过身来。

K望着她的背影。现在，他要解聘律师的

事最终成了定局，事先再没有可能跟莱尼谈了，这样也许要好些。她对整个案子哪里会有足够的了解呢？但她一定会来劝阻他，说不定也会使K这一回真的放弃解聘的打算。那么，他就会继续遭受重重疑虑和寝食不安的折磨，而过不了多长时间，他的决心最终还得付诸实施。这个决心实在不可抗拒。而这个决心实施得越早，他就越少遭受痛苦。再说，或许商人对这事会有什么真知灼见。

商人一发现K转过身来，立刻好像要站起来。“坐着吧。”K说着拽去一把椅子坐到他的身旁。“你是这个律师的老委托人了，是吗？”K问道。“是的，”商人说，“委托关系由来已久了。”“他当你代理人到底有多久了？”K问道。“我不明白你指的是什么事情，”商人说，“我是做谷物生意的，开了一家谷物商行。在商务上，打我接手这个商行以来，律师就一直代理我的法律事务，算来有二十个年头了。要说我的案子吧，这大概就是你所指的，他也是从一开始就是我的律师，到现在已经五年多了。噢，远远超过五年了，”他接着补充说道，并且掏出一个旧笔记本来，“我把一切全都记在这里。如果你需要的话，我可以把确切的日期告诉你。这些要全部记在脑子里可不那么容易。我的案子可能还早得多，是在我妻子死后不久就开始的，已经五年多了。”K 挪动椅子凑近他。“这么说来，这律师也接受一般的诉讼案件？”K 问道。他觉得法院与法学的这种结合对他是极大的安慰。“当然啰。”商人说；接着他又对 K 悄声说了一句：“人们甚至说，他办起这样的诉讼案子来，比办别的案子还要来劲。”但是，他似乎马上后悔不该扯得太远，于是一只手搭到 K 的肩膀上说：“请手下留情，可别把我卖出去。”K 拍拍他的大腿安慰说：“不会的，我可不是那号人。”“你不知道他就爱报复人。”商人说。“我想他肯定不会得罪像你这样一个忠实的委托人。”K 说。

"噢，可别这么说，"商人说，"他要是给惹火了，还分什么青红皂白。再说，我其实对他也并不忠实。""为什么这么说呢？"K问道。"难道要我透露给你吗？"商人疑惑地问道。"我想你说出来也无妨。"K说。"好吧，"商人说，"我可以把我的秘密透露给你一些，可是，你也得让我知道你的一个秘密，这样我们就可以在律师面前彼此不存戒心。""你可真小心，"K说，"不过，我会讲给你一个秘密听的，也好让你彻底放下心来。你说说，你哪里对律师不忠实？""怎么说呢，"商人吞吞吐吐地说，仿佛他在招认什么见不得人的事，"除了他以外，我还有别的律师。""这有什么大不了的。"K说，他略显失望的样子。"可是，他要是知道了，事情就糟了，"商人说，他从一敞开心底，就直紧张得喘不过气来；可是K这么一说，才鼓起了他的信心，"这样做是不允许的。名义上有这样一个律师，还去找别的小律师，那就更加不允许了。而我偏偏在这么做。除了他以外，我还有五个小律师。”“五个！”K不禁叫了起来，一听这个数字，他大吃一惊，“除了这位，还有五个律师？”商人点点头接着说道:“我还正在跟第六个谈着呢。”“可是，你要这么多律师干什么用呢？”K问道。“个个对我都有用。”商人说。“你愿不愿意给我说说为什么呢？”K问道。“当然愿意，”商人说，“首先，我就不想输掉这场官司，这无疑是不言而喻的事。正因为这样，我岂敢放过任何可能对我有用的机会；无论在什么情况下，哪怕只有一线可以带来好处的希望，我也决不放弃。因此，我为这桩案子倾注了我所有的一切。比如说，我把做生意的钱全部搭进去了。过去，我的商行办公室差不多就占了整整一层楼，现在我和一个伙计在背街的楼上只需要小小一间房子就够了。当然，我的生意之所以每况愈下，并不仅仅因为是我把钱都抽了出来，而更重要的是因为我把精力都花在了案子上。当你想方设法为自己的案子奔走时，哪里还有精力顾得上其他事情呢？”“这么说来，你自己也是在法院里跑来跑去了？”K打岔说，“我正好想听你讲讲这方面的情况。”“要听这个，我可没有什么多说的，”商人说，“开始的时候，我确实也试图去法院里看看，可是过了不久，我便又放弃了。那样做太耗费精力了，而且徒劳无益。即使你想在那儿做做工作，找人谈谈，也根本没有可能办到，至少对我来说是如此。不说别的，只让你坐在那儿等着就已经使你够受了，何况你自己也知道那儿的空气是多么沉闷。”“你怎么知道我上那儿去过呢？”K问道。“那天你经过走廊的时候，我正好在那儿。”“这么巧！”K不禁喊了一声，完全愣住了，把商人先前那可笑的行径也忘得一干二净。“这么说，你看见我了！我打走廊经过的时候，你在那儿。不错，我是从那儿走过一次。”“这也算不上什么凑巧，”商人说，“我差不多天天都上那儿去。”“很可能从今以后，我也得经常上那儿去，”K说，“只是我肯定不会受到像上次那样体面的接待了。大家都站了起来，准是把我当成法官了。”“不是，”商人说，“我们当时是因为看到那个法院听差才站起来的。我们都知道你是一个被告。像这样的消息早就不胫而走了。”“你那会儿已经知道了，”K说，“那么，你们也许觉得我的举止盛气凌人，有人会说三道四吧？”“没有，”商人说，“他们所说的，完全相反。不过，全是胡说八道。”“怎么是胡说八道呢？”K问道。“你干吗要刨根问底呢？”商人气呼呼地说，“看来你还不了解那里的人，你也许对他们会产生误解的。你要想一想，在这种诉讼中，一再有许多事情扯过来扯过去，弄得人晕头转向，难以招架。人人都极度疲惫，谁还能有心思去想那么多，于是转而求助于迷信。我在说其他人，可我自己跟他们也毫无两样。比如说，有这样一种迷信：他们中有许多人企图从被告的脸上，尤其是从嘴唇的斑纹上，看出案子的结局会怎样。因此，那些人便断言说，从你的嘴唇斑纹看来，你肯定会被判罪，而且就在不久的将来。我重申一遍，这是一种荒唐可笑的迷信，大都让事实驳得一无是处。但是，如果你处在这些人中间，就难免不受这种看法的影响。你想一想，这种迷信会产生多么大的影响啊。你在那儿跟一个人说过话，对吗？可他对你几乎无言以对。他当时给搞糊涂了，原因当然很多，但其中之一也就是他看到你的嘴唇后怔得说不出话来。他后来说，他似乎从你的嘴唇上看到了他自己要被判罪的征兆。”“从我的嘴唇上？”K一边问，一边掏出一面小镜子，仔细地照了照，“我在我的嘴唇上可看不出任何特别的迹象来。你看呢？”“我也看不出什么，”商人说，“一点也看不出。”“这帮人多迷信呀！”K大声说道。“我不是对你说过了吗？”商人反问道。“那么，他们经常彼此碰面，相互交换看法吧？”K说，

“我迄今置身事外，从来没有和他们打过任何交道。”“他们一般不大来往，”商人说，“那么多的人，怎么可能经常来往呢。再说，他们也没有什么共同的利益可言。即使偶尔有些人以为他们找到了共同的利益，但不久就会发现这是个错觉。任何共同对付法院的行动都是徒劳无益的。每桩案子都单独审理，法院在这方面慎之又慎。因此，人们共同行动便不可能达到任何目的，惟有某个人有时候暗地里会取得一些好处，但别的人也是到事后才能知道；谁都摸不透这是怎样取得的。所以说，他们之间没有什么共通之点。他们虽然在走廊里频频相遇，彼此却很少交谈。那些迷信的看法由来已久了，而且自然而然地与日俱增。”“我看到那帮先生等在过道里，”K 说，“我就觉得他们等来等去是多么无用啊。”“等待并非没有用处，”商人说，“只有独立行动才是徒劳无益的。我已经对你说过，我现在除了这位以外，还有五位律师。你也许会以为——我自己当初就这么想——我可以放心地把案子撒手交给他们去办了。但是这么想就大错特错了。我能够把案子少许委托给他们，又要叫他们觉得，似乎我只有一个律师。我想你不明白我说的意思吧？”“是的，”K说，他伸出手，安抚似的放在对方的手上，好让他别说得那么快，“我只想请你说得稍微慢一点，这些事情对我来说都很重要，你讲得这么快，我无法跟得上。”“很好，你提醒了我，”商人说，“不用说，你是个新手，初次涉足案子，尚无经验。你的案子才六个月，不是吗？没错儿，我听说过了。一桩刚刚才起步的案子！而我把这种事情已经想来想去，不知想过多少遍了。对我来说，经验成了这世上最理所当然的依托。”“我想，你的案子已经进展到这一步，你大概很高兴吧？”K问道，他不想直接去打听商人的案情目前怎样。但是，他也没有得到直接的回答。“是的，我背着这桩案子，滚爬了五年之久，”商人说着低下了头，“艰难跋涉，谈何容易。”然后，他沉默了一会儿。K 竖耳静听，莱尼是不是该回来了。一方面，他不希望莱尼这时候回来，他还有许多问题要问，而且也不愿意让莱尼看见他正在跟这位商人促膝交谈；可是另一方面，他又十分气恼：莱尼不顾他在这儿，去了律师那儿迟迟不归，送一碗汤，哪里用得了这么久呢？“我还清清楚楚地记得那个时候，”商人又开始说起来，K 立刻全神贯注地听着，“我的案子大概就处于你的案子现在所处的阶段吧。那时我只有这个律师，可我对他并不太满意。”“我从他的嘴里不就可以得到自己想要知道的一切吗？”K 心想，频频点着头，好像这样就能够激励起商人把他必须知道的情况和盘托出来似的。“我的案子，”商人接着说，“并没有任何进展，尽管已经屡次审理，我每次都到场，我搜集证据，连所有的账簿都交给了法庭。我后来才知道，根本就没有必要这么做。

我一再来到律师这里，他也呈递了各式各样的辩护书。”“各式各样的辩护书？”K问道。“是的，当然是这样。”商人回答道。“这对我来说太重要了，”K说，“为我的案子，他始终还磨蹭在第一份辩护书上。他还没有做过任何事情呢。我现在算看透了，他卑鄙无耻地冷落了我的案子。”“这辩护书还没有写好，可能会有各种说道吧，”商人说，“再说，给我写的那些辩护书，后来证明全是废纸一堆。多亏了一位法官的好意，我甚至亲眼看见过其中的一份。它虽然写得深奥莫测，但是言之无物。首先是满纸我看不懂的拉丁语，再就是长篇累牍地向法院进行一般性的申诉，接着把某些法官吹捧奉承一番，虽然没有指名道姓，但是让行家一看肯定就知道是谁，然后是律师自我吹嘘一通。与此同时，又低三下四地拜倒在法院的门下，最后才分析提出过去几桩他认为与我的案情类似的案例来。后来，就我所能了解的，那些分析倒是十分周密的。说来道去，你别以为我有意在评判这位律师的工作。我所看到的那份辩护书也不过是许许多多中的一份而已。但是，无论怎么说，我当时就看不到我的案子有什么进展，这就是我现在想要说的。”“你到底希望要看到什么样的进展呢？”K问道。“你问得好极了，”商人笑着说，“这样的诉讼难得能指望有什么进展。可是我当时却不明白这一点。我是商人，而且我当时是一个比今天更为地道的商人，我盼望着案子得到看得见的进展，整个事情总得有个结局，或者至少得合情合理地向前发展。然而事与愿违，接踵而来的是一次次内容几乎千篇一律的传讯；我则像念连祷文似的走过场作答。一个星期里，法院的信差总要屡屡登门，不是上商行里去，就是到家里来，或者任何可以找到我的地方，这当然搅得人不得安宁（现在起码在这方面要好过多了，电话传唤省去了很多烦恼）。再说，关于我的案子的谣言也在我的商界朋友中间流传开来，特别是在我的亲戚中间，我四处蒙辱，八方遭殃，但是却看不到法院有一丝一毫的迹象，会在不久的将来举行哪怕只是第一次审理。于是我便到律师这里来发泄了我的牢骚。他给我高谈阔论解释了很久，可是断然拒绝按照我的意思行事，他说谁都无法去影响法院确定审理的日期，在辩护书里催促法院这么做——我要求他这么做——简直是闻所未闻，只会毁了我，也毁了他。我心想：这位律师不想或者不能做的，别的律师也许愿意或者能够做。于是，我便四处去寻求其他的律师。我索性就先告诉你：这些律师，谁都没有要求过或者设法争取过法院确定审理我的案子的日期。这实际上是不可能的，——说这话，当然有一点保留，过后还要再谈。因此，在这一点上，这位律师并没有蒙骗我。但是，我怎么说也不觉得因为找了其他的律师而有什么懊悔。你一定也听说过胡尔德博士说起那帮小律师的一些事情了，他大概当着你的面把他们贬得一文不值吧。而他们也确实如此。不过，他在谈起他们时，在拿自己以及他的同僚跟他们相比时，总犯着一个小小的错误，我顺便要提醒你注意这一点。他总要把自己那个圈子里的律师称做‘大律师’，以区别于他人。其实并不是那么回事。当然啦，这样一个‘大’字，谁要高兴，都可以加在自己的头上，但是，这种事只能由法院的习惯来决定。也就是说，按照法院的习惯，除了无名小律师以外，其他律师还有大小之分。而这个律师及其同僚只不过属于小律师而已。他们把自己凌驾于那些被瞧不起的无名小律师之上，可那些我只听说过而从来也见不上的大律师则又无与伦比地高踞于他们之上。”“那些大律师？”K 问道，“他们到底是些什么人？怎么去找他们呢？”“这么说，你从来还没有听说过他们，”商人说，“差不多每个被告一听说到他们，就会有那么一阵子，朝思暮想，连做梦都想见见他们，你可不要上这个当。我不知道那些大律师是谁，也根本不相信谁能够找到他们。我从来没有听到过哪一桩可以肯定说他们干预过的案子。那些大律师为一些人辩护，但这不是凭着个人的意愿能够办得到的事；他们只是为他们愿意辩护的人辩护。但依我看，他们所要干预的案子，一定得经过低级法院审理以后才可受理。再说，最好不要去想着那些人，不然的话，你会觉得和其他律师的谈话，他们出的主意，他们给予的帮助是那么的令人作呕，那么的一钱不值。我可是有过亲身的体会，当时恨不得要把一切通通抛弃，躲在家里蒙起头来睡大觉，什么都不愿意再听到。但是，这种做法自然更是愚不可及了。即使你躺在床上，你也难以安宁。”“这么说，你当时就没有想着去找那些大律师？”K 问道。“有过一阵子，”商人说，又笑了笑，“不幸的是你无法彻底忘掉他们，尤其到了夜间，那种念头更是乘虚而入。

不过，我当时急于一蹴而就，便去找那些无名小律师了。”

“你们俩在这儿凑得多热乎呀！”莱尼端着汤碗回来后，站在门口大声喊道。他们确实彼此靠得很近，只要稍微一动，准会把头撞在一起。商人本来个头就小，又伛偻着背，K不愿意放过他说的每一句话，只好深深地俯下身去。“再等一会儿！”他冲着莱尼大声说，让她走开，那只始终还搁在商人手上的手不耐烦地匆匆移动了一下。“他要我讲讲我的案子给他听。”商人对莱尼说。“讲吧，愿意听就尽管讲下去吧。”她说。听她的话音，亲切中却也显出轻蔑的神气，这叫K觉得很不是滋味。他现在才发现，这个人毕竟还有一定的用处，至少他富有经验，而且很会向别人介绍这些经验。莱尼大概错看了他。K眼睁睁地看着莱尼过来拿开商人一直捏在手里的蜡烛，用她的围裙替他擦了擦手，又跪下去刮掉滴在他裤子上的烛泪，心里越发不悦。“你正要给我讲那些无名小律师呢。”K说，二话不说推开了莱尼的手。“你这是干什么呢？”莱尼一边问，一边轻轻地拍了拍K，接着又刮起来。“是的，是要讲那些无名小律师。”商人说，用手摸摸额头，好像在思索似的。K想帮他接上话茬，于是说：“你急于一蹴而就，便去找那些无名小律师了。”“一点不错。”商人说，但没有接着说下去。“也许他不愿意当着莱尼的面谈这事。”K想道；他按捺住自己现在迫不及待要听下文的心情，不再催他说下去了。

“你告诉律师说我来了？”K转而问莱尼。“当然啰，”她说，“他在等着你呢。现在别再跟布洛克谈了，过后有的是机会，他就住在这儿。”K依然犹犹豫豫的样子。“你就住在这儿吗？”他问商人；他要这人自己说，不愿意叫莱尼替他说话，好像他不在场似的。今天莱尼使他窝了一肚子的火。可是，又是莱尼开了腔：“他常常睡在这儿。”“睡在这儿？”K大声叫道；他原以为这商人在这儿只是等到他跟律师三言两语谈完事，然后他们会一起离开，找个僻静的地方，把整个事情谈个透。“是的，”莱尼说，“不是人人都能跟你一样，约瑟夫，想什么时候来见律师就让你什么时候见。律师不顾自己有病缠身，都晚上十一点了还接待你，你看来对此一点也不感到惊奇。事实上，你把你的朋友们为你所做的一切简直看得太理所当然了。不错，你的朋友们，或者说至少是我，愿意为你尽心尽力。我不图别的回报，也不需要别的回报，我只希望你喜欢我。”“喜欢你？”他瞬间心里想，一转念才又想道：“可不就是这样吗？我喜欢她。”可是，他却不理会她讲的话，说道：“他之所以答应见我，因为我是他的委托人。即使事情或许还需要其他人帮忙，可我每动一步，总得求来拜去。”“他今天多么不好说话，你说不是吗？”莱尼问商人。“我现在居然被他冷落到一旁。”K心想，他甚至恼怒起这商人来，因为他学着莱尼没有礼貌的样儿说："律师之所以答应见他，也还有其他理由。这就是说，他的案子才处于开始阶段，说穿了，可能还不到不可收拾的地步，因此律师还愿意过问它。以后可就不是这么回事了。""是的，是的，"莱尼说，她看着商人，笑了笑，"他那嘴多碎呀！他讲的话，"这时，她转而对K说，"你一句也不能相信。他是多么的讨人喜欢，又是多么的碎嘴多舌。律师也许就是因为这个缘故受不了他。无论怎么说，律师如果没有情绪，是决不肯见他的。我想方设法尽力去改变这种局面，可是毫无用处。你只要想一想，有多少次，我对律师说，布洛克来求见，他一推就是两三天才见他。如果律师要召见布洛克，而他正好不在跟前时，便就此失去了机会，只好再等着下一次通知了。因此，我让布洛克睡在这儿，因为已经发生过律师深更半夜按铃叫他的事。布洛克现在不分白天黑夜，随时恭候召见。但是，现在却又出现了这样的情况：律师有时候一发现布洛克确实在这儿，便改变了主意，拒绝见他。”K 向商人投去了一瞥疑惑的目光。这人点点头，像刚才跟 K 谈话时一样坦率地说，也许是出于自惭形秽的缘故，显得局促不安：“是的，案子到了一定的时期，人们就无法离开自己的律师。”“他发牢骚只不过是假的，”莱尼说，“他很喜欢睡在这儿，他经常这么对我说。”她走到一小扇门跟前，把门推开。“你想看看他睡的地方吗？”她问道。K 走过去，站在门槛前朝里面扫了一眼：这间屋子又矮又小，没有窗户，一张狭窄的床占去了整个空间。要上床还得打床架上面爬过去。靠床头那边的墙上有一个凹洞，里面整整齐齐地放着一根蜡烛，一瓶墨水和笔，还有一叠文件纸，也许就是打官司的文件。“你就睡在女佣的房间里？”K 转身问商人。“是莱尼把这房间让给我住的，”商人回答道，“这样很方便。”K 久久地注视着他。他对这个人的第一印象也许就没错；他是有经验，因为他的案子已经拖了好久，但是他为这些经验却付出了昂贵的代价。突然间，K 对这商人再也看不下去了。“叫他睡觉去！”K 对莱尼大声说，她似乎一点也弄不明白他的意思。然而，K 自己一心只想着去律师那儿，解聘律师，不仅要就此摆脱掉律师，而且不愿意再见到莱尼和这商人。但是，还没等到他走到律师门口，商人便轻声地对他说：“襄理先生。”K 怒容满面地转过身来。“你忘了自己的诺言，”商人一边说，一边从自己的座位上央求似的朝 K 伸出手去，“你还要讲给我一个秘密呢。”“不错，”K 说，他瞥了一眼正在全神贯注地看着他的莱尼，“那么你就听着：这当然几乎已经成了公开的秘密。我现在去律师那里，是要解聘他。”“他要解聘律师了！”商人大声喊着，从椅子上跳了起来，举起双臂，在厨房里奔来奔去，嘴里不住地嚷道：“他要解聘律师了！”莱尼立刻要向 K 扑去，却让商人给拦住了，于是她攥起拳头给了他两下。她依然握着双拳，赶紧去追K，可是K却赶在她的前面。她刚要追上时，K已经踏进了律师的房间，随手就要把门关上，不料莱尼从门缝中插进一只脚来，一把抓住他的胳膊，想把他拽回去。但是，K使劲地捏着她的手腕，疼得她呻吟一声，不得不松开手。她不敢立刻硬闯进去，可是K把钥匙一转，门锁住了。

“我等了你好久啦。”律师在床上说，把一份正借着烛光在看的文件放到床头柜上，戴上眼镜，严厉地注视起K。K没有表示歉意，反而说：“我不会耽搁你很久。”这句话，并不是什么道歉，律师听了也没有理会，说道：“下次再这样晚，我就不会让你来见的。”“这也正中我意。”K说道。律师疑惑地看了K一眼。“你坐下，”K说着把椅子拉到床头柜旁边，坐了下来。“我好像听到你把门锁上了。”律师说。“是的，”K说，“这是因为莱尼的缘故。”他不想姑息任何人。可是律师问道："她又缠着你啦？""缠着我？"K反问道。"是呀，"律师说着嘻嘻地笑了起来，笑得咳嗽着喘不过气来，咳嗽一停，又嘻嘻地笑起来，"我想，你总不会觉察不到她在缠着你吧？"律师一边问，一边轻轻拍着K刚才一时心烦意乱而放在床头柜上的手。这时，K赶紧把手缩了回去。"你不怎么在乎这事，"律师见K缄默不语便说道，"这就更好说了。要不然，我也许还得向你赔礼道歉呢。这是莱尼的一个怪癖，再说我早就原谅了她的这种怪癖。要不是你刚才锁了门，我也不会提起这件事。她的这种怪癖，说实在的，我当然最不愿意跟你解释。可是，你如此大惑不解地凝视着我，所以我觉得非解释一下不可。她的这种怪癖是，她觉得几乎所有的被告都是颇有魅力的。她依恋他们每个人，爱他们每个人，看样子自然也被他们每个人所爱。只要我允许，她有时候也把这种事讲给我听，叫我开心。我可不像你的样子，对这种事那么大惊小怪。如果你对此有眼力的话，你会发现，那些被告确实常常是很有魅力的。这无疑是一个值得注意的现象，在某种程度上说是一个自然科学现象。毫无疑问，一个被控告的人，他的相貌并不会发生明显的、一目了然的变化。这跟审理一般的刑事案件不同，大多数被告都照常从事着自己的日常活动；如果有好律师关照的话，案子也不会给他们带来什么不方便。但是，那些深谙此道的人却能够从芸芸众生中一一地辨认出被告来。凭什么呢？你会这么问。我的回答怕不会使你满意的。那些被告恰恰是最具有魅力的。不能说是负罪使他们具有了那种魅力，因为——起码我作为一个律师应该这么说——他们不全都是有罪的。也不能说是尔后那无可辩驳的惩罚事先已经赋予了他们那种魅力，因为他们并非都会受到惩罚。说到底，他们的魅力只是来自于对他们提出的、使他们无论怎样也无法摆脱的诉讼。然而，在那些富有魅力的被告中，也不乏特别有魅力的。不过他们都颇有魅力，甚至连布洛克那个可怜虫也不例外。”

等到律师结束了这番振振有词的高谈阔论，K 已经完全平静下来了，他甚至对律师最后讲的话异乎寻常地频频点头。他这样做，是在向自己证实他一向持有的看法，那就是说，这律师总是企图拿一些与案子毫不相干的、言之无物的空洞的大道理来搪塞他，来分散他的注意力，而他为 K 的案子到底做了什么实际工作，却避而不谈这个主要问题，今天又是老调重弹。律师好像已觉察到，K 今天一反常态，更显得咄咄逼人，因此他住了嘴，有意给 K 一个讲话的机会。但是，他看到 K 仍旧一言不发，便问道：“你今晚登门来见，必有用意吧？”“是的，”K 说，他伸手稍微遮住烛光，意在把律师看得更清楚些，“我想告诉你，从今天起，你不用再过问我的案子了。”“我没听错你的话吧？”律师问，他从床上欠起身来，一只手撑在枕头上。“我想你没有听错。”K说，他坐在那儿，身子挺得笔直，仿佛严阵以待的样子。“好吧，我们倒可以来说说这个打算。”律师停了一会儿说。“这不再是什么打算，而是事实。”K说。“也许吧，”律师说，“可是，不管怎么说，我们可别操之过急呀。”他用了“我们”这个字眼，似乎他不想让K离去，即使不能做他的代理人，起码还要留做他的顾问。“这不是匆忙行事，”K一边说，一边慢慢地站起来，退到椅子后，“我再三考虑过了，也许考虑得太久了。这是我最后的决定。”“既然这样，请允许我再说几句。”律师说，他掀开鸭绒被，坐在床沿上，那两条长满白毛、裸露在外面的腿冻得直发抖。他请K把沙发上的毯子递给他。K拿起毯子说：“你大可不必这么冻着。”“这个理由就足够了，”律师一边说，一边把鸭绒被围在身上，然后用毯子裹住两腿，“你的叔叔是我的朋友，而且我也渐渐地喜欢上了你。我这样直言不讳地说出来，一点儿也没有什么好难为情的。”K很不情愿听到老头子这一番动情的话，这样一来势必使他不得不把话讲得更明白一些，这正是他想尽量避免的。另外，他自己也承认，尽管律师的这番话丝毫也不会改变他的初衷，却使他一时惶惑不安。“我感谢你对我的好意，”K说，“我也承认，你十分关心我的案子。凡是你觉得对我有利的事，你都那么竭尽全力。不过，近来我越来越深深地明白了，凭你的努力是不够的。我当然丝毫不想把自己的看法强加给像你这样一个比我年长得多、经验比我丰富得多的人；如果我有时候不由自主地这样做了，那就请你原谅。不过这桩案子，用你的话来说，就足以驱使我这样去做了。我相信，我的案子必须采取比迄今为止要强有力多的措施来干预。”“我理解你的心情，”律师说，“可你操之过急。”“我并不是操之过急，”K说，他有点被激怒了，因此不再那么考虑措辞，“我第一次跟我叔叔一起来这儿拜访你的时候，你或许就注意到了，我那时把我的案子并不怎么当回事。可以说，要不是别人强行向我提醒这事，我早把它忘得一干二净了。但是，我叔叔执意要我把案子委托给你办理，我不愿伤他的心，便请你做了我的代理人。于是，我自然希望，从此以后，这桩压在我身上的案子会比以往更加轻松些，因为请了律师做代理人，多少就是要来分担这副担子。但是，事情恰恰其反。自从你做了我的代理人以后，这桩案子使我背上了前所未有的苦恼。以前我独自承担案子时，我什么也不去做，反而几乎感觉不到有案在身；可现在却截然相反，我守着一个代理人，万事俱备，等着有所行动；我夜以继日，越来越心急如焚地期待你的干预，可盼来盼去，盼得个无动于衷。诚然，我从你这里了解得到许许多多有关法院的情况，这些情况也许在别处是得不到的。但是，这对我来说是远远不够的。你要知道，这桩案子现在越来越逼近我，无声无息地折磨着我。”K把椅子推到一边，双手插在上衣口袋里，直挺挺地站在那儿。“从案子办到一定的阶段起，”律师心平气和地说，“就不会再出现什么实质性的新东西。我的委托人不知有多少看到案子发展到这样的阶段时，便怀着像你一样的心情站在我的面前，说出同样的话来！”“这么说来，”K说，“所有那些同病相怜的委托人都跟我一样不无道理。你这么说根本不是在反驳我。”“我并不想借此来反驳你，”律师说，“而我还要补充一句，我本来期望着你比其他人更有判断力，尤其是我把通常不告诉其他委托人的事都告诉了你，有法院的内幕活动，也有我自己工作的秘密。可我现在不得不看到，尽管这样，你还是对我不够信任，这叫我好伤心啊。”面对K，律师显出一副多么低声下气的可怜相！在这职业尊严恰恰最容易受到伤害的时候，他却根本置职业尊严于不顾。他为什么要这样呢？看样子，他作为律师门庭若市，阔绰富有，对他来说，无论是失去一个委托人，还是丢掉一笔律师费，又算得了什么呢？再说，他拖着个病身子，自己就应该想到越少操劳越好。可他却这么死死地缠住 K 不放！为什么呢？是因为他跟 K 的叔叔有私人交情，还是因为他真的认为 K 的案子那么特殊，希望在法庭上或者为 K 或者——这种可能性是绝对不可排除的——为朋友辩护，来赢得声望呢？任凭 K 怎样无所顾忌地端详他，可从他的神态里却看不出一丝一毫的迹象，这不免让人认为，他故意装出一副不露声色的神态，是在等着 K 对他一番话的反应。然而，律师显然把 K 的沉默看得太向着有利于自己的一面了，他又说下去："你或者已经看到了，我的事务所虽然不小，可我连一个助手也没有雇。以前并不是这样，有一个时期，我手下有好几个年轻的法律研究者当助手，而今我只身干了。这种转变，一方面跟我的业务活动的变化息息相关，因为我越来越限于受理像你这样的案子；另一方面，离不开我在办理这些案子中所获得的越来越深刻的信念。我发现，我不许把这种委托的案子再交给任何别的人去办。否则，那就是我对自己的委托人的犯罪，对自己所承接的工作的亵渎。但是，我决定亲自受理每个接手的案子，自然就带来了这样的后果：我不得不回绝大部分要委托给我办的案子，只能接受那些使我特别深感痛心的案子。不过，等在后面捡案子的可怜虫可谓比比皆是，甚至就在我的周围，无论我扔给他们什么饵料，都一个个地被抢了去。我这样干，由于工作过度紧张，身体也搞垮了。然而，我并不为自己的决定后悔，也许我应该回绝更多的案子。但是，我全力以赴，专心致志地办理了我所接受的每一个案子。事实证明，我这样做是绝对必要的，并且收到了令人瞩目的成效。我曾经读过这样一篇文章，文中卓有见地地阐述了普通案件的代理与像你这种案子的代理的区别。文中说：一类律师是用一根细线牵着他的委托人走，一直到作出判决为止；而另一类律师则是从一开始就把他的委托人扛在肩上，从不间断地背着他走，直背到作出判决，甚至在判决以后还要背着他。事情确实如此。但是，如果我说我倾注了全部心血来从事这项重要工作，从来也不后悔，那也不完全符合事实。当我的努力完全被误解埋没的时候，就像你的案子这样，那么这时候，只有在这时候，我便会感到有些后悔。”这番话非但没有说服K，反而使他更加不耐烦了。不管怎么说，他似乎从律师的话音里听出，要是他退让的话，将会面临着什么：律师又会搬出那老一套规劝来敷衍塞责，不是高谈什么申辩书正在进行之中，就是阔论什么法官的态度有所改变，但也念念不忘强调阻碍辩护进程的巨大困难，——总之，那一套令人厌倦的陈词滥调统统又会端出来，不是用虚幻无影的希望来哄骗他，就是用捉摸不透的威胁来折磨他，这样的事情让它一去绝对不能再复返了。于是他说道:“如果我继续让你当我的代理人，你准备对我的案子采取什么样的措施呢？”律师甚至对这个侮辱性的问题都逆来顺受，他回答道:“我将继续实施我已经为你所做的努力。”“果然不出我的所料，”K说，“好啦，不必再多说了。”“我要再试一试，”律师说，仿佛这件使K恼怒的事不是发生在K的身上，而是在他的身上似的，“我有这样一种猜想，你跌入了歧途，不仅错误地判断了我当律师的能力，而且你的行为也不近人情，这都怪人们待你太好了。你要知道自己是一个被告。或者更确切地说，人们对你并不介意，表面上是不介意。自然，不介意也有不介意的道理；被看管起来往往要胜过逍遥法外。不过，我倒要你见识一下，别的被告会受到什么样的对待，也许你可以从中学到点东西。也就是说，我现在就召布洛克来见：你去打开门，然后坐在床头柜那里！”“好吧。”K一边说，一边遵照律师的吩咐去做了；他随时准备着学点什么。但是，为了有备无患，他再次问道：“你可知道，我已经不需要你当代理人了吗？”“知道了，”律师说，“不过你今天要改变主意还来得及。”他又躺回到床上，拉起鸭绒被，直盖到下巴上，转身面朝墙躺着。然后，他按了按铃。

铃声一响，莱尼立刻就出现在跟前，匆匆地投过目光来，急于想要弄明白发生了什么事；她看到K泰然自若地坐在律师的床边，似乎才放下了心。莱尼微笑着朝K点点头，K却木然地凝视着她。“去把布洛克叫来。”律师说。可是，她没有去带布洛克来，而是走到门口，大声喊道：“布洛克！律师有请！”然后，她可能趁律师面朝墙躺着什么都不注意，便悄悄地溜到K坐椅的背后，以此搅得K神游思离；她把身子伏在他的椅背上，一会儿用手温情脉脉、小心翼翼地掠过他的头发，一会儿柔情绵绵地抚摩着他的脸颊。最后，K 抓住了她的一只手，不想让她摸来摸去。她几次挣脱不成，便也就屈从了。

布洛克应声赶到。但他一走到门口，就又停住了脚步，似乎犹犹豫豫，不知道该不该进来。他扬起眉头，歪着脑袋，仿佛要听着律师再次呼唤他。K 本来可以鼓励他进来，但是他已下定决心，不仅跟这个律师，而且跟这个屋里所有的一切彻底决裂，因此他无动于衷。莱尼也一声不响。布洛克看到至少没有人会撵他走，便蹑手蹑脚地进了屋，神色焦灼，两手拘束地拢在背后。他没有关上门，以便随时可以退出去。他连 K 也顾不上看一眼，只是一个劲儿地盯着那隆起的鸭绒被，裹在被里的律师紧靠墙躺着，根本就看不到他的影子。不过，这时从床上传来了一声呼唤：“布洛克来了吗？”听到这一声问话，已经向前挪了好几步的布洛克如同胸前挨了一拳，背后又遭到一击，他踉踉跄跄，深深地弓着身子停住步说：“遵命！”“你想要干什么？”律师问，“你来得不是时候。”“不是您唤我来吗？”布洛克与其说是在问律师，倒不如说是在问自己，他无可奈何地伸开双手，好像要保护自己似的，并且随时准备着拔腿跑开。“是我叫你来，”律师说，“可是你来得却不是时候。”自从律师开口讲话以后，布洛克不再看着床上；他反而呆滞地盯着某个角落，只是侧耳静听，仿佛这讲话人的目光太刺眼，使他不堪忍受。不过，就是侧耳静听也难听个明白，因为律师在对着墙讲话，而且声音很小，说得又快。“您希望我走开吗？”布洛克问道。“既然你已经来了，”律师说，“那就呆着吧！”布洛克顿时浑身开始哆嗦起来，人们真会以为，律师并不是满足了布洛克的愿望，而是用某种鞭挞来威胁他。“昨天，”律师说，“我去我的朋友——第三法官那里，我谈着谈着就把话题扯到了你的案子上。你想听听他是怎么说的吗？”“噢，怎么会不想听呢！”布洛克说。而律师没有立即回答，布洛克又央求了一次，仿佛就要拜倒在地上似的。可就在这时，K 气得大声痛斥道:“你这在干什么？”莱尼正要去堵住他的嘴不让他高声叫嚷，K 一把又抓住了她的第二只手。K 这样抓住莱尼的手，并非是情爱的驱使。她不时哎哟哎哟地呻吟着，竭力想挣脱开两手。K 的高声叫喊却叫布洛克吃上了苦头。律师突然厉声问他:“到底谁是你的律师？”“是您呀。”布洛克说。“除了我呢？”律师又问道。“除了您，再没有了。”布洛克说。“那么，你可别再去找任何人了。”律师说。布洛克毕恭毕敬地认可了律师的话；他恶狠狠地瞪着 K，气得使劲地摇着头。如果把这种举止转化成语言，那必然是一顿狗血喷头的谩骂。而 K 居然打算跟这种人亲密无间地商谈自己的案子！“我不会再多管闲事了，”K 说着在座椅上往后一靠，“你要下跪就跪吧，你想当奴才就当吧，一切随你的便，我不会去管闲事的。”然而，布洛克毕竟还有点自尊心，至少在K面前是这样，他挥舞着拳头，一边向着K逼过去，一边叫得那么响，好像他只有当着律师的面才敢这么叫似的："不许你这样跟我说话，是可忍，孰不可忍。你说说为什么要侮辱我？居然还当着律师先生的面？他只是出于怜悯之心才容忍了我们俩，那就是你和我。你并不比我好多少，你也不过是一个被告，也牵扯着案子。但是，如果你认为自己还是一个绅士的话，那我就要告诉你，我也是像你这样一个绅士，尽管不在你之上。我也需要别人对我讲话时以礼相待，尤其是你。然而，如果你以为容许你坐在这儿，安之若素地旁听是占上风，而我正像你说的极尽阿谀逢迎之能事的话，那么，我要提醒你一句古训：对于一个嫌疑犯来说，动胜于静，因为谁静而不动，谁往往就会不知不觉地坐上了天平，从而一同称定了他的罪孽。"K一言不发，只是惊奇地瞪着这个神魂颠倒的家伙，眼睛一眨也不眨。仅仅一个钟头，这家伙居然发生了如此让人琢磨不透的变化！难道是他的案子弄得他迷迷糊糊，连青红皂白都分不清了吗？难道说他没有看出律师在故意作践他，而这一回也无非是借机在 K 的面前显显自己的威风，或许以此迫使 K 对他俯首帖耳吗？然而，如果布洛克不能看出这一点，或者他怕律师怕得要命，觉得就是自己看出来也丝毫无济于事，那么，他怎么又会如此狡猾，或者如此贸然地来欺骗律师，当着律师面矢口否认他还请了别的律师来过问他的案子呢？他明知 K 会立即揭穿他的秘密，却怎么胆敢去冒犯 K 呢？然而，他得寸进尺，越来越狂妄，居然走到律师的床前，又开始发泄对 K 的怨恨。"律师先生，"他说，"您可听到了这个人怎么对我讲话吧？他涉足于案子里，连钟头都屈指可数，居然大言不惭地要给一个打了五年官司的人出什么主意。他甚至还对我出言不逊。他自己对什么都一窍不通，却还骂人，骂起像我这样一个竭尽全力仔细研究过礼仪、义务和传统道德的人来。”“别理睬任何人，”律师说，“你觉得怎么对就怎么做。”“一定照办。”布洛克说，他好像在为自己鼓气，接着朝旁边冷冷地瞥了一眼，便赶紧在床跟前跪了下来。“我已经跪下了，尊敬的律师。”他说。律师却一声不吭。布洛克伸出一只手，小心翼翼地抚摩着鸭绒被。在一片寂静中，莱尼挣脱了K的两手说：“你捏得我好疼。放开我。我去跟布洛克在一起。”她走过去，坐在床沿上，布洛克一见她走过来，禁不住喜上心头；他立刻频频打着鲜明而无声的信号，请莱尼替他在律师面前说情。他显然迫不及待地需要从律师口里得到应该得到的信息。但是，他或许只想着把这些信息转手给他的其他律师利用。莱尼显然精通怎样来对付律师，套他的话；她指着律师的手，噘起嘴巴，做出吻手的样子。布洛克立刻去吻律师的手，并在莱尼的敦促下，他又吻了两次。可是，律师依然缄默不语。于是，莱尼朝律师俯下身去，伸展开四肢，显现出她那娇美的身材，深深地凑近律师的脸，抚摩着他那长长的白发。这样终于引出了他的话来。“该不该说给他听，我还犹豫不决呢。”律师说；看他那微微摇着头的样子，似乎是为了想更多地享有莱尼的抚摩。布洛克低着头洗耳恭听，仿佛他这样听人讲话触犯了什么戒律似的。“那你到底为什么踌躇不决呢？”莱尼问道。K觉得，他似乎是在听着一场演练得滚瓜烂熟的对话，这种对话已经一演再演了，将来还会无休无止地继续演下去。而只有对布洛克来说，它永远也不会失去新鲜感。“他今天表现怎么样？”律师并没有回答，反而问道。莱尼开口回答律师前，先是低下眼睛，朝着布洛克注视了一会儿，只见他向她伸着双手，搓来搓去，苦苦哀求。最后，她一本正经地点点头，转向律师说：“他既安分，又勤勉。”一个上了年纪的商人，一个苍髯的男人竟乞求一个年轻女子来为他求情说好话！即使他别有用意，可是在旁人的眼里，他是无法为自己做任何辩解的。K 弄不明白，律师怎么会想出采用这种卑劣的表演来争取他。他要不是及早地解聘了律师的话，律师也许会通过这一幕表演而如愿以偿。他对人的侮辱简直让旁观者无地自容。这么看来，律师的这种手段居然可以使委托人最终忘却整个世界，一个劲儿希望沿着这条迷途，拖着沉重的步子，艰难跋涉，直到有一天，看到案子的结局。值得庆幸的是，K 对这种手段领教的时间还不够长。这样，委托人不再是委托人了，而成了律师的一条狗。如果律师命令他像钻进狗窝里一样爬到床下去，在那里汪汪地学狗叫，他准会兴致勃勃地照办。K 洗耳恭听着，显得审慎从容的样子，仿佛他是受命来把这里所谈论的一切，一字不漏地吸收进去，以便向某一更高当局汇报，并且写成书面报告。“他整天都干些什么？”律师问道。“我把他关在女佣的房间里，”莱尼说，“不让他妨碍我做事。他通常一直呆在里面。我随时都可以透过通气孔看看他在干什么。他总是跪在床上，把你借给他的那些文件摊在窗台上，看来看去。他给我留下的印象很不错。窗户对着天井，透不进多少光线来，尽管这样，布洛克还是专心致志地读；我看得出来，他是一心一意的，人家要他怎么做，他就怎么做。”“听你这么说，真叫我高兴。”律师说。“可是，他都能读懂吗？”在这两人谈话时，布洛克一刻不停地嚅动着嘴唇，显然是在默默地构思着希望能从莱尼嘴里说出自己的回答。“对这个问题，”莱尼说，“我当然不可能确切地说出来。不管怎么说，我可是亲眼看见的，他读得很仔细。他整天摊在一页上琢磨，而且用手指一字一行地划着读。每当我去看他时，他便吁吁叹气，好像读得很费劲。你让他看的那些文件可能很不好懂。”“是的，”律师说，“那些玩意儿当然是不好懂的。我也不相信他真的能懂。叫他读那些东西，无非想要使他有所了解，我为他进行辩护是一场多么艰辛的战斗。我是在为谁进行这场艰辛的战斗呢？为了布洛克，说出来简直可笑得很。这意味着什么，他应该学得明白些。他是一刻不停地读吗？”“几乎是一刻不停，”莱尼回答道，“只有一次，他向我要水喝，我从通气孔里送他一杯水。然后到了八点钟的时候，我放他出来，给了些吃的。”布洛克随之向K瞥了一眼，仿佛他们在讲述着赞美他的故事，一定也会使K为之震惊似的。他现在满怀着希望的样子，动作也变得自在了，双膝在地上挪来挪去。可是，他听着律师继续讲下去的时候，顿时又吓得呆若木鸡，越发亮出了他的本色。“你在夸赞他，”律师说，“可是，这恰恰使得我难以启齿，那法官所说的，对布洛克本人和他的案子都是不利的。”“不利？”莱尼问，“这怎么可能呢？”布洛克心急如焚地望着她，仿佛他相信莱尼现在能够扭转乾坤，把法官早已说出对自己不利的话化为有利。“不利就是不利，”律师说，“甚至我一提起布洛克，他就感到讨厌。‘别提布洛克。’他说。‘他是我的委托人呀。’我说。‘你叫人给利用了。’他说。‘我认为他的案子不是没有希望的。’我说。‘你叫人给利用了。’他又说了一遍。‘我不相信，’我说，‘布洛克对诉讼可是一丝不苟，而且始终把全部心思都投入到他的案子里。他为了随时了解案子的进展情况，几乎就住在我这儿。他这样满腔热情，实在也难得呀。但是，他这个人确实也叫你反感，与人相处，俗不可耐，而且不修边幅。但是在诉讼方面，他是无可指责的。’我说‘是无可指责的’，当然是有意夸大其词。法官听了后说：‘布洛克只是狡猾而已。他积累了不少经验，懂得怎样来拖延诉讼。不过，他的小聪明远远甚于他的狡猾。如果他得知自己的案子压根儿还没有开始审理，如果有人告诉他，连开庭审理的铃声还没有摇响呢，你想他会说些什么呢？’——别激动，布洛克。”律师说；布洛克正好两腿抖抖颤颤地要站起身来，显然想求律师让他解释一下。这是律师第一次比较详细地直接对布洛克谈话。律师那双黯然无光的眼睛朝下望去，似漫不经意，又似看着布洛克。布洛克看见这样的目光，又慢慢地跪了下去。“法官的这番话对你根本无关紧要，”律师说，“别听到每一句话都心惊胆战。如果你再这样，我就什么也不对你说了。我每说一句话，你都紧紧地盯着我，好像我现在就要宣布对你的最终判决似的。难道你当着委托人的面不感到难为情吗？你也在动摇他对我的信任。你到底是怎么啦？你还活着哩，你还在我的保护之下。你担惊受怕，岂有此理！你不知在哪儿看到过，在某些案子中，最终判决会突如其来，随便什么时候，随便出自于哪个人之口。这当然可以说是事实，但也有许多保留。不过，你的恐惧令我反感，这显然是你对我缺乏必要的信任，这同样也是事实。我到底说了些什么呢？我不过是重复了一个法官说过的话而已。你也很清楚，围绕着每一次诉讼，总是意见纷纭，众口难一，甚至让人捉摸不透。比如说，我认为诉讼要在这个时候开始，而那个法官却认为要在另外一个时候开始。意见不同，仅此而已。按照古老的传统，诉讼进行到一定阶段时，就得摇铃。照这法官的意见，随着摇铃，诉讼才算正式开始。我现在不能把所有跟他相反的意见都说给你听，说了你也弄不明白的，你只要知道还存在着许多跟他不同的意见就够了。”布洛克窘迫地跪在床前，手指在床前的小地毯上划来划去，他听到了法官讲的那些话后吓得魂不附体，一时竟把对律师的恭顺置于九霄云外，满脑子只转着他自己；他翻来覆去，从方方面面琢磨着法官的那些话。“布洛克，”莱尼一边用警告的口气说，一边拽着他的衣领，把他轻轻地向上一提，“别动地毯了，听律师怎么说。”

Franz Kafka

Das erzählerische Werk

Der Prozess

在大教堂里

有一位意大利业务伙伴初次来到这个城市，他是这家银行举足轻重的老主顾了，K受委托陪他去参观城里一些艺术珍宝和名胜古迹。这种差事，要是在以往，K准会当作是一种荣幸。可是现在，当他正需要竭尽全力才勉强保持住自己在银行里的声望的时刻，他是很不情愿接受这个差事的。他在办公室之外消磨的每一个钟头都会给他带来苦恼。他虽然远远不能再像以前那样，充分利用上班时间，只是在敷衍应付实际工作的幌子下白白地消磨去不少时间，但是，如果他不呆在办公室里，就会越发惴惴不安。于是，他似乎看到，那个总在暗中窥伺着他的副经理不时地溜进他的办公室，坐到他的办公桌前，翻腾他的案卷，接待那些多年来简直跟K成了老朋友的客户，离间他们跟K的关系，甚至有意声张他工作上的差错。K已经觉得，工作上的差错不断地从四面八方威胁着自己，而他再也无法避免出差错了。因此，如果派他去外面办事，哪怕是出头露面的差事，或者甚至出一趟短差——不知道为什么这样的差事最近接踵而来——他自然不免就会猜疑，人们是故意把他打发开，以便审查他的工作，或者至少以为，人们把他当作办公室里可有可无的人了。这些差事，他本来大都可以轻而易举地推掉，可是，他不敢这样做；即使他的担心并没有可以站得住脚的理由，可拒绝这种差事则意味着承认自己心里有鬼。出于这个原因，他无可奈何地接受了这样一个个差事，表面上却装得泰然自若。而且有一次，人家派他出两天很辛苦的差，他正患着重感冒，甚至对此都一字不提，生怕人家说他借口秋雨连绵的天气而推卸不去。等他出差回来，头痛得简直要炸开了，却得知人家又挑他第二天去陪那位意大利客人。至少这一次，他实在想干脆拒绝不去了，尤其是交给他的这件事跟业务并没有什么直接的联系。然而，为业务伙伴尽这份社交义务，无疑是很重要的，只是对 K 来说无关紧要罢了。他自己心里很明白，只有工作上出成绩才能保持自己的地位；如果做不到这一点，无论他怎样出色地使这个意大利人心醉神迷，都是毫无用处的。他一天都不愿意离开自己的工作范围，太害怕一去再不让他回来了。他明明知道自己怕得过了分，却陷入其中而不能自拔。可碰到这种情况，要找一个说得过去的借口谈何容易。K 虽说对意大利语不很精通，可怎么说也足以应付了。而最根本的是，K 还有点艺术史知识，以前曾经学过，加上出于业务的缘故，一度曾担任过拯救城市艺术古迹委员会的会员，因此在银行里的名声大噪。据说那个意大利人是一个艺术爱好者。这么说来，挑选 K 去当陪同，便是理所当然的了。

这天早晨，淫雨霏霏，大风怒号。K 七点

钟就来到办公室，想着在没有被客人占去之前，起码要处理几件事。一想到即将面临的这一天，他心头不禁火冒三丈。他觉得很疲倦；为了准备陪同的事，他花了半夜工夫来看意大利语法。近来，他太习惯于倚在窗口凝望，窗口对他产生了比写字台更大的诱惑。可是，他抵抗住了这种诱惑，还是在写字台前坐了下来。不巧的是，办事员这时进来报告说，经理先生派他来看看襄理先生是否已经来了；如果已经来了，就劳驾他去会客室一趟，那位从意大利来的客人在等着呢。“我马上就到。”K 说道。他把一本小字典塞进口袋里，将他特意为客人准备好的该城游览画册夹在腋下，穿过副经理办公室，进了经理办公室。他庆幸自己这么早就来到了办公室，能随叫随到。真是没有人会料到这一点。副经理的办公室自然还是空荡荡的，就像沉浸在深夜里一样。那个办事员很可能也奉命去叫过副经理来会客室，却白跑了一趟。K 一走进会客室，两位先生便从软椅上立起身来。经理满面笑容，和蔼可亲，显然看见K进来时很高兴，立刻介绍一番。那个意大利人非常热情地跟K握手，笑嘻嘻地称道着什么人是一个习惯早起的人。K不很听得明白他指的是什么人，另外那个词也很乖僻，他一下子也弄不清楚含义，便三言两语，搪塞过去了。这个意大利人也一笑了之，他那犯神经似的手，一再捋着那把浓密的、铁灰色的大胡子。他的胡子上显然喷过香水，几乎会惹人想凑过去闻一闻。他们就座以后，略微寒暄了一会儿。K发现，他只能断断续续地听懂这个意大利人的话，心里很不是滋味。当他从容不迫地讲话时，K差不多都听得懂，可是这种机会实在太少了。他一讲起话来，简直口若悬河，一边还摇头晃脑，好像在欣赏着自己滔滔不绝的口才。而且他这样讲话时，又总是夹进方言，K觉得不再是听意大利语。不过，经理不仅听得懂，而且也会说。当然喽，这也是K应该能够料到的；这个意大利人出身于南意大利，经理在那儿呆过好几年。不管怎么说，K意识到，他几乎没有跟这个意大利人沟通的可能了，这人的法语同样很难听得懂，况且那把大胡子也遮住了那让人看着也许有助于理解的嘴唇动作。K开始感到将会碰到许多伤脑筋的事，眼下放弃了试图去听懂这个意大利人的念头——有经理在场，完全可以听得懂他说的话，何必再去费那个劲呢——，只是闷闷不乐地望着他舒适自在地坐在软椅里，不时地扯着那线条分明又短又小的外衣，并且有一次，这人抬起双肩，轻浮地在腕关节上鼓弄着两手，试图比划着什么。K虽然向前倾着身子，眼睛不离对方的手势，但还是弄不懂是什么意思。K冷冷地坐在一旁插不上话，只是漠然地看着他们俩你一言我一语谈来谈去。早先的倦意终于使他不知不觉地堕入朦胧之中，他恍恍惚惚地想站起来转身离去，幸亏及时如梦惊醒，吓了一大跳。客人终于看了看表，猛地跳了起来。他跟经理话别后，紧紧地挤到K的跟前，挤得K不得不把坐椅往后挪了挪，以便给自己留出活动的余地来。经理无疑从K的眼神里看得出来，他面对这个意大利人，听不懂他说的话，处境非常狼狈，便巧妙而委婉地插进话来，看来好像只是给K随口出点小主意，其实是把客人刚才那滔滔不绝的插话全部简明扼要地给K说个明白。K从经理的嘴里知道这个意大利人眼下还有几件业务要办理，可惜挤不出多少时间来，因此根本不打算走马看花，把所有的名胜古迹都匆匆过一遍，只想去——当然要求得K的同意，一切由K决定——看看大教堂，而且要看个仔细。他感到非常高兴，有幸能在一位博学多识、热情好客的先生陪同下参观大教堂——这话是说给K听的——，K根本不去理睬客人是怎么说的，只是尽快地琢磨出经理说这番话的用意。这个意大利人请求K，如果方便的话，两个钟头后，约摸十点左右在大教堂里碰面。他自己希望一定能准时赶到那儿，K 顺着应酬了几句。这位客人先跟经理握手，又跟 K 握手，然后又跟经理握了一次手，接着在经理和 K 的陪送下朝门口走去；他半侧转着身子，面向 K 和经理，依然滔滔不绝地说个没完。客人走了以后，K 和经理一起又呆了一会儿。经理今天看上去是一脸愁容。他觉得怎么也得向 K 讲明原委，便说道 —— 他们亲密地站在一起 ——，本来他打算亲自去陪这个意大利人，可是后来 —— 他没有说出确切的缘由 —— 转而决定，还是让 K 去好。如果 K 觉得乍一开始就听不懂客人的话，大可不必因此而手足无措，要不了多久，自然就听得懂了。即使他有不少的话一点儿也听不明白，那也没什么大不了，这个意大利人并不那么在乎人家听懂听不懂。再说，K 的意大利语很出色，他准会应付自如。经理说完后，K 便告辞回到办公室里。他利用空下的这段时间，从字典里抄出参观大教堂时所需要的一些古怪的词汇来。这是一件特别令人厌烦的事。这时，办事员送来各种各样的函件；职员们前来要问这问那，一看见K正在忙着，便都站在门口，他不发话，他们就不肯离去；副经理也不放过这个机会故意打扰K，接二连三地跑进来，从他手里拿去那本字典，显然漫不经心地翻来翻去；甚至只要门一打开，顾客们便出现在半明半暗的前厅里，踌躇不决地躬身致意——他们希望以此引起K的注意，但又摸不准被看到了没有——这一切都是围绕着K进行的，仿佛他成了整个活动的中心。与此同时，他又收集着自己所需要的词语，一会儿查字典，一会儿抄写，一会儿又练习发音，最后还得想方设法去背熟。但是，他以前那惊人的记忆力似乎完全遗弃了他。他时而禁不住对这个意大利人冒火，都怪他招来了这样的麻烦，便狠狠地把字典塞到文件下面，决意不再准备了。然而，他即刻又意识到，自己总不能陪着客人，在大教堂里的艺术珍品前走来走去而哑口无言。于是，他几乎气急败坏地又拿出那本字典来。

九点半钟，他正准备离开办公室的时候，电话铃响了；莱尼问他早安，又问他怎么样。K匆匆谢了一声，说他现在没有时间跟她拉呱儿，得上大教堂去。“上大教堂？”莱尼问道。“是的，上大教堂去。”“为什么要去大教堂呢？”莱尼又问道。K试图给她简短地解释一下，可是还没有等他开口，莱尼就突然说道：“他们逼人太甚。”这种既不是他惹起的，也不是他所期望的怜悯是K无法受得了的，他说了两声再见。可是当他挂上话筒的时候，却像是对着自己，又像是对着远方那个再也听不到他的声音的姑娘嘀咕说：“是的，他们是逼人太甚了。”

可是，现在时候已经不早了，他恐怕来不及赶到约会的地方了。他叫了一辆出租车。在临走的最后时刻，他才想起了那本旅游画册，一大早没能找到机会把它送掉，现在要带着去。他把画册搁在膝盖上，一路上烦躁不安地在上面敲个不停。雨放慢了，但是天气阴冷潮湿，灰蒙蒙的，大教堂里不会看得怎么清楚。可久久地站在那冷冰冰的石板地上，准会大大地加重K的感冒。大教堂广场上空荡荡的，K禁不住回忆起：当他还是孩童时，这个狭小的广场周围的房子就给他留下了不可磨灭的印象；几乎所有的窗户总是垂挂着帘子。当然像今天这样的天气，拉上窗帘则比以往更理所当然了。大教堂里面看来也是空荡荡的。这个时候，自然谁都不会想到来这儿。K走过两个厢堂，只看见一个包着头巾的老妇人跪在圣母像前，两眼虔诚地望着圣母。然后，他还远远地看见一个教堂司事一瘸一拐地消失在一扇侧门的后面。K准时赶到了。他进来时，时钟正好敲响十点，但是客人还没有来。K又回到大门口，犹豫不决地在那里站了一阵子，然后冒雨绕着教堂走了一圈，想看看客人会不会在哪个侧门旁等着他。可是，哪儿也不见他的人影儿。难道说经理把时间搞错了？谁能听得懂这种人讲话呢？但是，不管怎么样，至少也得等他半个钟头。K 已经很累了，想坐下来歇歇，因此他又回到教堂里，在一级踏阶上发现了一小块地毯似的破布，用脚把它踢到近旁的一条长凳前，然后把身上的大衣裹了裹，竖起领子，坐了下来。为了消磨时间，他打开旅游画册，随便翻了翻。可是他不大会儿又停下来。教堂里变得昏暗起来，他抬头望去，连就近前厢堂里的东西也几乎分辨不清了。

远处，高高的主圣坛上，排列成一个大三角形的烛光闪闪烁烁。K 难以断言，他先前是否看到过这烛光，或许这烛光是刚刚才点燃的。那些教堂司事出于职业习惯，个个都步态轻盈，人们难以觉察到他们来去的脚步。K 偶然回过头去，看见在他身后不远的廊柱上，点燃着一支又高又大的蜡烛。那烛光虽然挺迷人的，但要照亮那些大都挂在昏暗的厢堂小神坛里的画，则是远远不够的，反倒使那儿更暗了。客人失约不来，既有些失礼，同时也是明智的；即使他来了，什么也不会看到，至多也只能借着K的手电筒一点一点地搜索着看几幅画。K好奇地要试试用手电筒能够看到些什么，便走到近旁的一个小神堂里，登上了几级台阶，来到一道低矮的大理石围栏前，探过身去，用手电筒照着圣坛上的画。那持续不断的光亮在画前故意扰乱似的晃来晃去。K首先看到的，而且部分是猜出来的东西，是一位画在这幅画最边缘的骑士。他身材魁梧，披挂盔甲，倚着一把长剑，剑头插在面前光秃秃的地上，那上面只稀稀拉拉地长着几棵草。他似乎出神地注视着一个正发生在自己眼前的事件。叫人惊奇的是，他竟守在那儿，一动也不动。或许他是派在那儿担任守卫的。K已经好久没有看过画了，他依依不舍地端详着这位骑士，尽管他无法忍受那手电筒的绿光，眼睛眨个不停。然后，他移动着手电筒，照亮这幅画的其他部分，才发现这是一幅传统风格的基督入墓图。但这幅画是新时期的作品。K 把手电筒放进口袋里，又回到刚才的座位上。

现在看来用不着再等那客人了，可是外面准是在下着瓢泼大雨，况且大教堂里也不像 K 想象的那么冷，于是他决定暂时呆在这儿。教堂里的大讲坛，就坐落在他的身旁，坛顶不大，呈拱形，上面斜挂着两个空落落的金质十字架，顶端相互交叉在一起，栏杆的外沿和连接立柱的石头上，都饰有绿色的卷叶花纹，其间雕着许多小天使，有的活泼，有的恬静。K 走到讲坛跟前，从各个角度细细观察；石雕又精又细，卷叶花纹之间及潜藏在其后那深邃的幽暗，看上去就像是捕捉来固定在上面一样。K 把手伸到一个幽暗的洞隙里，小心翼翼地触摸着石刻洞壁。他从来还不知道大教堂里有这样一个讲坛。这时，他蓦地发现，就在他近前的一排长凳后面，站着一个教堂司事。这人身穿一件宽大松弛的黑袍，左手拿着一个鼻烟盒，目不转睛地注视着 K。“他想干什么呢？”K 心里想。“难道他觉得我可疑吗？还是他想求几个零花钱呢？”可是这个司事一见 K 注意上了他，便举起右手，随便指了个方向，两根手指间还捏着一撮鼻烟。他的举止简直叫人难以理解。K 又踌躇了一会儿，但是，这个司事依然不断地在指着什么，而且还频频点头，拉开强调的架势。“他到底要干什么呢？”他低声自问，他不敢在这里大声高叫。接着，他掏出钱包，挤过最近一排长凳朝这人走过去。但是，这人立刻打出一个回绝的手势，耸耸肩，一瘸一拐地走开了。K 小时候常常学着模仿骑马人的样儿，也迈着像这人一样的步子，轻快地颠来跛去。“一个老顽童，”K 心里想，“他的智力就只配干这司事，瞧他那样儿，我一停下，他也停下，还偷偷地看我想不想跟着走。”K 暗自好笑，跟着他穿过厢堂，几乎走到主圣坛跟前，老头儿依然不停地指着什么，可是K故意不回头去看。他指来指去，别无用意，无非是想甩开K罢了。最后，K不再跟他，也不想太叫老头儿担惊受怕了。再说，万一那个意大利人来了，还是别把这惟一的司事吓跑的好。

K又回到大堂里，寻找他放着旅游画册的座位。就在这时，他发现紧挨着圣坛合唱队座位的石柱旁，还有一个小讲坛。这个讲坛是用浅白色的石头砌成的，结构非常简单，也没有什么雕刻装饰。讲坛那么小，远远看去，酷似一个准备供奉圣像的空壁龛，布道人肯定无法从栏杆后退一步。再说，这个石砌的讲坛拱顶虽然不带什么装饰物，但起架却异乎寻常的低，而且如此向上砌成拱状，连中等个子的人在拱顶下也无法直立，只能屈身倚着栏杆。整个结构仿佛是为了折磨布道人而造的。既然已经造了一个既宽大，雕琢得又那么华丽的讲坛可用，为什么还要造这样一个呢？ 叫人百思不得其解。

要不是这讲坛上装着一盏已经点着的灯，K肯定也不会注意到它。通常在布道之前，才会点起这盏灯。难道现在要举行讲道仪式吗？就在这空空如也的教堂里？K向下望着那通往讲坛、紧绕着石柱而上的扶梯。扶梯看上去很窄，仿佛是石柱上的装饰品，而不是供人上讲坛用的。可就在讲坛的下面，却真的站着一位神甫，手扶着栏杆，正准备拾级而上，而且朝K望过来。K惊奇地笑了起来。神甫微微点了点头，K连忙在胸前画了个十字，欠了欠身，其实他早就应该这样做了。神甫轻轻地纵身踏上扶梯，迈着轻快的步子登上了讲坛。他真的要开始讲道了吗？或许那个教堂司事并不是那么傻乎乎的，而是有意把K引到布道人的跟前来？在这空荡荡的教堂里，这样做当然太有必要了。再说，刚才不知在哪块地方还有一位跪在圣母像前的老妇人，她也应该来听才是。如果真要开始讲道了，为什么不先奏管风琴呢？瞧那管风琴依然高高在上，不声不响，只是依稀在昏暗中闪现。

K 考虑现在要不要赶快离开这儿。要是他现在不走，等讲道开始了，就走不开了，那就得一直呆到讲道结束。在办公室里，他已经耽误了那么多时间等客人，现在早就没有义务再等下去了。他看一看表，十一点了。可是，难道真的就能这样讲道吗？K 一个人能代表众信徒吗？如果他只是一个想参观教堂的过路人，那又会怎样呢？其实他也不过是仅此而已。可真太荒唐了，现在十一点了，而且是工作日，天气又这么恶劣，还要布什么道呢？这神甫——毫无疑问，他是一个神甫，是一个面容圆润，肤色黝黑的小伙子——登上讲坛，显然只是为了去熄灭那盏大概点错了的灯。

然而，事情却不是这样；神甫仔细地看了看灯，把它旋得更亮一些，然后慢慢地转向石栏杆，双手扶住石栏的边。他这样站了一会儿，眼睛四处张望，脑袋却一动不动。K 向后退了好远，两肘撑在最前排的长凳上。他朦朦胧胧地看见那个教堂司事弓着背，就像完成了任务以后那样安然自在地蜷伏在什么地方，在哪儿，K 自己也弄不清楚。此时此刻，大教堂里是多么寂静啊！可是，K 不得不打破这片寂静，他没有心思再呆下去。如果神甫有义务非要在一个确定的时刻讲道不可，而不管实际情况怎样，那就随他讲好了；他没有 K 给捧场，也照样会讲完道，就跟 K 在场肯定也不会增添什么气氛一样。于是，K 慢慢地挪动脚步，踮起脚尖，顺着这排长凳摸了过去，来到那条宽阔的中间过道里，打那儿无妨无碍地往前走去。只听见在那异常轻轻的脚步下，石板地上发出嚓嚓的响声。伴随着那往往复复富有节奏的前进声，拱顶上也传来微弱而持续不断的回响。K 也许在神甫的目光的追随下，孤零零地一路走过去，两旁一排排的长凳上空无一人，他心中油然生起一股被遗弃的感觉；他觉得这个教堂的硕大简直到了人们可以忍受的极限。他走到自己先前坐过的位子前，停也不停一下，顺手抓起放在那里的旅游画册，拿了就走。他差不多已经走过最后一排长凳，正要踏进长凳与出口之间的空旷过厅时，忽然第一次听到了神甫的声音，一个洪亮而纯熟的声音，多么响亮地回荡在这座随时准备接纳它的大教堂里！可是，神甫并不是在呼唤那些信徒，他的声音一板一眼、清清楚楚地响在耳际，叫你没有回避的余地；他在大声喊着："约瑟夫·K！"

K吓了一跳，目瞪口呆地望着眼前的石板地。他暂时还是自由的，还可以继续往前走，面前这三个黑乎乎的小木门离他不远了，穿过任意一个便溜之大吉了。这正好也可以说，他没有听明白，或者说他虽然听明白了，却没有把它当回事。但是，如果他转过身去，就会被留住，这样就等于他承认，他真的听明白了，他确实就是神甫所叫的那个人，而且也愿意俯首听命。要是神甫再叫一次的话，K准会继续往前走。可是K等了好久，却再也听不到任何声响，便禁不住稍稍扭过头去，想看看神甫在做什么。神甫像刚才一样，安然地站在讲坛上，不过，他显然看见K回过头来了。要不是K现在转过身来直接面对他，那真可以说是小孩子在玩捉迷藏了。K转过身，神甫挥着手指招呼他走近一些。既然现在一切都无法回避了，他便健步——他既出于好奇，又急于想简短了事——朝着讲坛走去。过了前几排凳子，他停住脚步。可是，神甫觉得相距还太远，便伸出一只手，食指直指向讲坛近前的一块地方。K照办了；他站在那个指定的地方，不得不使劲地仰起头，这样才能看见神甫。“你是约瑟夫·K。”神甫说，他从石栏上举起一只手，打了一个叫人摸不透的手势。“是的。”K说；他想道，他以前对人说起自己的名字总是那么坦然，近来却成了他心上的一个负担，连那些素不相识的人现在都晓得了他的名字；要是在没有跟人认识之前先自我介绍一下该多好啊！“你是一个被告。”神甫特别放低声音说。“是的。”K说。“是我叫你到这里来的，”神甫说，“想跟你谈一谈。”“谁也没有这样告诉我，”K说，“我上这儿来，为的是陪一个意大利人参观大教堂。”“别提那些无关的话，”神甫说，“你手里拿的是什么？是祈祷书吗？”“不是，”K回答道，“这是一本城市旅游画册。”“放下它。”神甫说。K狠狠地把画册扔了出去，张开的书页折七皱八地落在地上滑过去。“你可知道你的案子很不妙吗？”神甫问道。“我也有这样的感觉，”K说，“我该尽的心都尽到了，但至今毫无成效。当然，我的第一份申诉书还没有递上去。”“你认为结果会怎么样？”神甫问道。“以前我想肯定会有个好结果，”K说，“可是现在，我自己有时也不抱什么希望了。我也不知道结果将会怎么样。你知道吗？”“我也不知道，”神甫说，“可是我担心结果将会不妙。他们认为你有罪。你的案子也许永远出不了低级法院的审理。至少从眼下来看，他们认为你的罪有根有据。”“但我确实是清白无辜的，”K说，“这是一个误会。一个清清白白的人，怎么会莫名其妙地成了罪人呢？我们大家都是人啊，彼此都一样。”“你说得不错，”神甫说，“可是，凡是犯罪的人都喜欢这么说。”“难道你也对我怀有偏见吗？”K问道。“我对你没有偏见。”神甫说。“谢谢你，”K说，“但是，所有其他参加审理这个案子的人都对我怀有偏见。他们甚至把自己那种偏见还灌输给局外人，我的处境变得越来越困难了。”“你曲解了那些事实的真相，”神甫说，“判决是不会突然而来的，诉讼程序不断进展，最终才能过渡到判决。”“那就是说，事情原来是这样了。”K说，他不禁低下头去。“你打算下一步对你的案子怎么办？”神甫问道。“我还要寻求帮助，”K一边说，一边又仰起头来，看看神甫对这句话是什么反应，“我还有一些可以利用的机会没有利用呢。”“你过于寻求外界的帮助，”神甫带着指责的口气说，“尤其是从女人那儿，难道你不觉得这不是正儿八经的帮助吗？”“在一些情况下，甚至在许多情况下，我会赞同你的看法，”K说，“但绝非事事如此。女人具有很大的力量。如果我能够说动我所认识的女人一齐为我出力的话，就一定能克服重重困难，如愿以偿，尤其是对这个几乎只充斥着好色之徒的法院。那个预审法官，只要远远看见有女人送上门来，就迫不及待地要撞翻办公桌和被告，冲上前去。”神甫朝石栏歪起脑袋，讲坛的拱顶似乎现在才压住了他。外面的天气会是怎样的恶劣？阴郁的白天已经流去，夜晚来临了。大窗子上的玻璃画也不能发出一丝闪光来打破这四壁的黑暗。就在这时，教堂司事开始把大圣坛上的蜡烛一个一个地熄灭了。“你生我的气吗？”K问神甫。“你也许不知道，你在为一个什么样的法院效力。”他没有得到回答。“这些只是我个人的经验。”K说。上面还是一声不吭。“我并不想冒犯你。”K说。这时，神甫打上面冲着K大声喊道:“难道你的目光就这么短浅吗？”这是愤怒中的喊叫，但同时又像是一个人在看到别人坠落深渊，吓得魂飞魄散时不由自主的惊叫。

于是，两个人好久一声不响。讲坛下面一片黑暗，神甫当然看不清K的神色，而K却借着那小灯光把神甫看得清清楚楚。他为什么不从讲坛上下来呢？他并没有讲道，只是告诉了K一些情况。K仔细想想神甫的话，与其说会帮助他，倒不如说会伤害他。但是，K可能会觉得，神甫的好意是毋庸置疑的。要是他走下讲坛来，K要跟他取得一致，不是没有可能的，而且也不会没有可能从他那里得到决定性的、可以接受的主意，比如说，不是要让他指出怎么样去操纵案子的进展，而是要知道有什么办法可以从这案子中解脱出来，可以回避开它，可以置身其外，无牵无挂地生活。这种可能肯定是存在的，K近来常常这样想。如果神甫知道有这样的可能性，只要K肯去求他，他也许会和盘透露出来，尽管他自己就是法院的人，而且一听到K抨击法院时，竟压抑了自己那温存的天性，甚至对K大吼大叫起来。

“你不想下来吗？”K问道，“这时候又用不着讲道。到我这儿来吧。”“我现在可以下来了。”神甫说，他也许后悔自己不该大发雷霆。他一边从挂钩上拿下灯，一边说：“我首先得保持距离，跟你谈话。不然的话，我就太容易受人的影响，从而忘记我的职责。”

K在下面扶梯口等着他。神甫还没有下完楼梯就朝K伸出手来。“你能给我一点儿时间吗？”K问道。“你需要多少都行。”神甫说着把那盏小灯递给K拿着。即便近在身旁，他也不失那庄重的气质。“你对我太好了，”K说，他们并肩在那昏暗的厢堂里踱来踱去，“在所有属于法院的人当中，你是个例外。我认识许多法院的人，可我对他们中的任何人都不会像对你这样信任。跟你我可以推心置腹地交谈。”“你可别弄错了。”神甫说。“我到底会弄错什么呢？”K问道。“有关法院的情况，你就弄错了，”神甫说，“在法律的引言中，讲述着这样的错觉：在通往法的大门前站着一个守门人。有一个从乡下来的人走到守门人跟前，求进法门。可是，守门人说，现在不能允许他进去。这人想了想后又问道，那么以后会不会准他进去呢。‘这是可能的，’守门人说，‘可是现在不行。’由于通往法的大门像平常一样敞开着，而且守门人也走到一边去了，这人便探头透过大门往里望去。守门人见了后笑着说：‘如果你这么感兴趣，不妨不顾我的禁令，试试往里闯。不过，你要注意，我很强大，而我只不过是最低一级的守门人。里边的大厅一个接着一个，层层都站着守门人，而且一个比一个强大，甚至一看见第三道守门人连我自己都无法挺得住。’这个乡下人没有料到会遇上这样的困难；照理说，法应该永远为所有的人敞开着大门，他心里想道。但是他眼下更仔细地端详了这个身穿皮大衣的守门人，看看那个又大又尖的鼻子，又望望那把稀稀疏疏又长又黑的鞑靼胡子，便打定主意，最好还是等到许可了再进去。守门人给了他一只小凳子，让他坐在门边。他就坐在那儿等待。一天又一天，一年又一年。他磨来磨去，希望让他进去，求呀求呀，求得守卫人都皮了。守门人常常也稍稍盘问他几句，问问他家乡的情况和许许多多其他的事情，但这都是些不关痛痒的问题，就像是大人物在询问似的。说到最后，守门人始终还是不放他进去。这乡下人为自己出这趟门准备了许多东西，他不管东西多么贵重，全都拿了出来，希望能买通守门人。守门人一次又一次地都收下来了，但是，他每次总是说：‘我收下这礼物，只是为了使你不会觉得若有所失。’在这许多年期间，这人几乎从不间断地注视着这个守门人。他忘了还有其他守门人，而这第一个似乎成了他踏进法的门的惟一障碍。开头几年里，他大声诅咒命运的不幸。到了后来，他衰老了，便只能喃喃嘀咕了。他变得孩子气似的，长年累月的观察甚至使他跟守门人皮衣领子上的跳蚤也混熟了，他也求那些跳蚤帮他去说服守门人。最后，他的目光变得模糊不清了，他不知道是自己周围真的越来越黑暗了，还是他的眼睛在捉弄他。但是，就在这黑暗里，他却看到了一道光芒从法的大门里永不休止地射出来。如今，他就要走到生命的尽头了，弥留之际，这些年来积累的所有经验，凝聚成一个他从未向这个守门人提出过的问题。他挥手叫守门人到跟前来，因为他再也无法直起自己那僵硬的躯体了。守门人只好深深地俯下身子听他说话，因为躯体大小变化的差别，已经非常不利于这乡下人了。‘你现在到底还想问什么呢？’守门人问道，‘你真贪心。’‘人人不都在追求着法吗，’这人回答说，‘可是，这许多年来，除了我以外，怎么就不见一个人来要求踏进法的大门呢？’守门人看到这个人已经筋疲力尽，而且听觉越来越坏，于是在他耳边大声吼道：‘这儿除了你，谁都不许进去，因为这道门只是为你开的。我现在要去关上它了。’”

“守门人就这样捉弄了这个乡下人。”K立即说道，他深深地被这个故事吸引住了。“先别妄下雌黄，”神甫说，“千万不能不问青红皂白就人云亦云。我是原原本本把这个故事说给你听的，没有提到捉弄不捉弄的话。”“可这是明摆着的呀，”K说，“你开头的阐释就说得很对。当这个乡下人已经到了不可救药的时候，守门人才把拯救的消息告诉他。”“此前他没有向守门人提出这个问题，”神甫说，“你也想想，他不过是一个守门人而已。而作为守门人，他履行了自己的职责。”“你怎么会认为他履行了自己的职责呢？”K问道，“他并没有履行自己的职责。他的义务也许是把所有的陌生人拒之门外。而应该让这个人进去，因为这门就是为他开的。”“你不够尊重这白纸黑字的文字，你篡改了这个故事，”神甫说，“在这个故事中，关于是否允许进入法的大门，守门人讲了两句重要的话，一句在开头，一句在末尾。第一句是：他现在不能放这个人进去。另一句是：这道门只是为他开的。如果说这两者相互矛盾的话，那你就说对了，守门人是捉弄了这个乡下人。可是，这里并不存在什么矛盾。相反，第一句话甚至是对第二句话的暗示。人们几乎可以说，守门人这样许诺乡下人将来可能会让他进去，已经超出了他的职权范围。在那个时候，他的职责显然是不让这个人进去，而且许多讲解原文的人看到守门人居然做出那种暗示的确都感到很惊讶，因为他看来是一个一丝不苟、严守职责的人。他多年如一日，从来没有擅离职守，直到最后一刻才关上门；他对自己职责的重要性心领神会，因为他说：‘我很强大。’他对上司毕恭毕敬，因为他说：‘我只不过是最低一级的守门人。’他并不信口雌黄，因为那么多年来，他只提些所谓的‘无关痛痒的问题’；他不贪赃枉法，因为他每次收到礼物时总是说：‘我收下这礼物，只是为了使你不会觉得若有所失。’他尽职尽责，既不动之以情，又不怒之以恨，因为故事里已经讲道，乡下人‘求呀求呀，求得守门人都皮了’；最后，甚至他的外貌，尤其是那个又大又尖的鼻子，那把稀稀疏疏又长又黑的鞑靼胡子，也表明了他是一个过分认真的人。难道还能找到一个比他更忠于职守的守门人吗？然而，守门人的性格中也混合进了其他因素，这些因素对要求进入法的大门的人十分有利，毕竟也使人们可以理解，他那样暗示给乡下人将来可能让他进去，便会稍微超越出他的职责范围。同样不能否认，他头脑有点简单，因此也有点自负。他说自己是强大的，又说其他守门人是强大的，还说他甚至一见他们就受不了。这是说，即使所有这些话都是对的，但他说出这些话的方式则表明，头脑简单自负使他的看法蒙上了一层模糊的阴影。那些解释的人对此的说法是：‘对同一事情的正确理解和误解并不完全是相互排斥的。’但是不管怎么说，谁都不得不承认，这种头脑简单和自负，无论是多么微不足道地表现出来，毕竟都会削弱他守门的职责，这就是守门人性格上的缺陷。附带还要说一下，这个守门人看来天生就和蔼可亲，他决不总摆出一副盛气凌人的官场架势。一开始，他就开起了玩笑，邀请那个人不顾他一再强调不许进去的禁令而往里闯；然后他并不把那个人赶开，而正像我们知道的，给他一只小凳子，让他坐在门边。那么多年里，他耐心地容忍着那个人的苦苦哀求，常常盘问那个人几句，接受那个人的礼物，虚怀若谷地允许那个人当着他的面，把他当作发泄的靶子，大声地诅咒着命运的不幸，——这一切都可以让人推断出他动了恻隐之心。不是每个守门人都会这样做的。最后，那个人打手势叫他过去，他就深深地俯在那个人的跟前，让他有机会提出最后一个问题来。其实，守门人知道，一切就要结束了。只有从‘你真贪心’这句话里，流露出他略显不耐烦的抱怨。有人甚至在这种解释上更进了一步，说什么‘你真贪心’这句话表示了一种善意的钦佩，当然也不无降尊临卑的意味。总之，这个守门人在人们心目中的形象跟你所想象的迥然不同。”“这个故事，你比我知道得仔细，时间也比我长。”K 说。他们俩沉默了一会儿。K 然后又说：“这么说来，你认为那个人并没有被捉弄，是吗？”“别误解我的意思，”神甫说，“我只是把围绕着这个故事的种种说法说给你听。你不要太把注意力放在什么说法上。文字的东西是无法篡改的，而对它的种种说法常常不过是一种困惑的表现而已。在这件事上，甚至有一种说法，认为真正被捉弄的人才是守门人。”“这种说法未免太牵强了，”K 说，“这么说凭的是什么呢？”“凭的就是，”神甫回答道，“守门人的思想简单。人们说他不明了法的内部，只知道通往法的道路，他的任务就是永远守卫在门前，巡视通往法的道路，把他对于法的内部的想法说成是天真的。而且认为，他要使那个人害怕的东西，也正是自己所害怕的。其实他比那个人还要怕得厉害，因为那个人即使听说了里面那些可怕的守门人以后，还非要进去不可。相反，守门人就不想进去，至少在这个故事里对此一字未提。还有人说他肯定已经到过里头，他毕竟是受雇服务于法的人，而他只可能在里面接受任命。但与之相反又有一种说法，认为很可能是从里面传出一道命令，任命他当守门人，他至少不可能深入到内部，因为他一见第三道守门人的模样就受不了。此外，在这么多年中，守门人除了说说那些守门人以外，从未提到过法的内部的任何情况。也许人家不让他这样说，但是这一点也只字未提。根据这一切，人们得出结论说，他对于内部的情况和作用一无所知，因此处于一种错觉状态。而且从他怎样对待那个乡下人来看，他也是处于这样的状态，他从属于那个人之下而自己却不知道。你也许还记得，从许许多多的细节上可以看出，他把那个人当作下属来对待。但是，按照我们现在谈论的这种说法，显而易见，他实际上从属于那个人。首先，自由人总是居于受束缚的人之上。那个人实际上是自由的，他愿意上哪儿就可以上哪儿，惟有法的大门不许他进去，况且只有一个人，也就是守门人不许他进去。如果说他坐在门旁的小凳子上等了一辈子的话，那他也是出于自愿才这样做的；这个故事中也没有讲起谁强迫他。相反，守门人却让自己的职责束缚在自己的岗位上，他不得向外超越半步，显然也不许进到里面，即使他想进去也不可能。再说，虽然他是为法服务的，但守的只是这一道门，也就是说，他只为那个人服务，因为这道门只是为他开的。从这方面来说，他也是从属于那个人的。可以这么说，他多年来，付出了全部的青春年华，从某种程度上来说只不过做了流于形式的工作，因为据说有一个人要来，也就是说一个正当壮年的人要来，因此，守门人必须一直等到实现自己的目的，而且要随那个人的便；那个人想来就来了，他愿意什么时候来，守门人就得等到什么时候。但是，这种职责的结束则取决于那个人的寿命，所以，归根结底，他永远从属于那个人。而且人们一再强调，守门人对所有这一切似乎一无所知。但是，这一点本身并没有什么引人注目的东西，因为按照这种说法，守门人是处于一种还要严重得多的、涉及到他的职责的错觉状态。也就是说，他最后谈到法的大门时说到‘我现在要去关上它了’，但是，故事一开始时却说通往法的门永远是敞开着的；如果它永远是敞开着的，永远也就意味着这道为那个人开着的门跟守门人的生死没有关系。那么，守门人也就不能把它关上。关于守门人说这话的动机，说法不一，有人说他声称要去关上那道门，只是为了回答那个人，有人说这是强调自己忠于职守，也有人说他这样做想使那个人在弥留之际感到懊恼和悲伤。然而，其中许多人一致认为，他不可能关上这道门。他们甚至认为，他在学问上也在那个人之下，至少到了最后的时候如此，因为那个人看见从法的大门里喷射出一道光芒来，而这个正在执行职责的守门人很可能是背对着大门。而且也没有表露出他发现了什么变化。”“这话说得很有理，”K暗自低声把神甫解释中的几句话重复了一遍后说，“这话说得很有理。而且我现在也认为，这个守门人给捉弄了。但是，我这样说并不是抛弃了原先的看法，两者在一定程度上是相辅相成的。守门人心明眼亮也罢，给捉弄了也罢，无关紧要。我说过那个人给捉弄了。如果说守门人心明眼亮，人们对此会表示怀疑；但是，如果守门人给捉弄了，那他的错觉必然要感染给那个人。这样一来，守门人虽然不是骗子，但思想简单得一定会让人立即把他从他的职守上撵走。你倒要想一想，守门人所处的错觉状态丝毫无损于他，却害得那个人太重太深。”“也有反对你这种说法的，”神甫说，“有一些人说，这个故事没有赋予任何人来评判守门人的权利。无论他以什么样的形象出现在我们的眼前，他毕竟是法的仆人，也就是说他是属于法的，因此便超脱于人们的评判之外。这样一来，谁也不能认为，守门人从属于那个人。通过自己的职守哪怕只是维系在法的大门上，也无可比拟地胜于自由地生活在这个世界上。那个人来寻求法，而守门人已经在法的身边。他是受法的指定来尽守职责的；怀疑自己的尊严就等于怀疑法本身。”“我不赞成这种说法，”K摇摇头说，“谁要是接受了这种看法，就得把守门人讲的每一句话都看成是真的。可是，你自己已经充分说明，这样做是不可能的。”“不，”神甫说，“不必把他所讲的一切都看成是真的，只需把它看成是必然的。”“一个令人沮丧的看法，”K说，“谎言被说成是普遍的准则。”

K断然讲了这句话，想以此结束这场谈论，但这并不是他的最终评判。他太疲倦了，全然无力去逐一评判由这个故事所引发的种种结论。他也被引入了那不同寻常的思路里，那一堆不可捉摸的东西在他看来更适合于作为法官谈论的主题。这个简单的故事变得奇形怪状，他恨不得把它甩到脑后去。神甫此刻则显得十分宽厚和体贴，他听任K这样说，默默地听取K的看法，也不管它跟自己的看法多么大相径庭。

他们默默地来回踱了好一阵，K紧挨着神甫

走来走去，也不知道自己身在何处。他举在手里的那盏灯早就熄灭了。突然间，一幅银色的圣像正好在他的眼前闪烁出一缕银灿灿的光芒，顿然又消失在黑暗中。为了使自己不至于太仰仗神甫，K 便问道：“我们现在是不是来到大门跟前了？”“不是，”神甫说，“我们离大门口还有好远。你要走了吗？”虽然 K 此刻并没有想到要走，却立刻回答道：“我当然该走了。我是一家银行的襄理，他们在等着我哩。我来这里，只是为了陪一个外国来的业务伙伴参观大教堂。”“好吧，”神甫朝 K 伸出手说，“那你就走吧。”“可是，这里黑洞洞的，我一个人找不到出口。”K 说。“向左拐走到墙跟前，”神甫说，“然后一直顺墙走，别离开墙，你就会找到一个出口。”可神甫刚挪开几步远，K 就大声叫道：“请等一等！”“我在等着呢。”神甫说。“你对我就再没有什么要求了吗？”K 问道。“没有了。”神甫说。“你刚才对我那么好，”K 说，“什么都讲给我听。可是现在，你却要我走开，好像对我一点也不在乎似的。”“你不是说非走不可吗？”神甫说。“倒也是，”K 说，“你要知道我是不得不走的。”“你首先要知道我是谁。”神甫说。“你是监狱的神甫呀。”K 一边说，一边摸着靠近神甫；其实，他并不像他表白的那样，非得立刻回银行去不可，而是完全可以还呆在这儿。“这就是说，我是法院的人，”神甫说，“既然这样，我干吗要向你提什么要求呢？法院不向你提什么要求。你要来，它就收留你，你要走，它就让你走。”

Franz Kafka

Das erzählerische Werk

Der Prozess

结局

K 三十一岁生日的前一天晚上 —— 约摸九点钟，大街已经笼罩在一片寂静之中，有两个男人来到他的寓所。他们身穿礼服，脸色苍白，躯体肥胖，头上戴着显然是不可折叠的大礼帽。走到大门口时，谁先进去，彼此就谦让了一番。来到 K 的房门前，更是相互谦让，推来推去。K 似乎并不知道有这两个不速之客登门；他同样穿着一身黑礼服，坐在门近旁的扶手椅里，慢慢地戴上一副在指头上绷得紧紧的新手套，看他的样子，好像是在等候客人。他立刻站起身来，好奇地望着面前这两个人。“这么说你们是被派来找我的？”他问道。两个人点了点头，礼帽拿在手里，你指指我，我指指你。K 暗自嘀咕着，他在等候的不是他们，而是别的客人。他走到窗前，又朝着那漆黑一团的街上望了望。街对面楼上的窗户几乎全部熄了灯，许多窗户已经垂下了帘幕。在一扇亮着灯的窗子里，有几个小孩子在栅栏后面嬉戏；他们还无法离开原地，便伸出小手，你抓抓我，我摸摸你。“他们把老配角演员派来找我，”K对自己说，眼睛四下望了望，想再次证实自己的判断，“他们企图把我随随便便地收拾掉。”K突然朝他们转过身来问道：“你们在哪家戏院里演戏呀？”“什么戏院？”其中一个说，嘴角抽搐着，向另一个讨主意。而那个人张口结舌，酷似一个跟自己那难以驾驭的发声器官抗争的哑巴。“他们根本没有准备叫你们回答问题。”K对自己说完便去取帽子。

一踏到楼梯，这两个人就要架着K走。但是K说：“到了街上再说，我可不是病人。”可是，刚一出大门，他们就以一种K从来没有跟谁那样走过的样子挽住他。他们把肩膀紧贴在他的后肩上，没有弯起臂肘，而是垂下胳膊，直扭住K的两臂，在下面以一种有条不紊、训练有素和无法抗拒的动作抓住 K 的两手。K 给夹在他们俩中间，直挺挺地走着。这三个人现在就这样结成了一体，仿佛只要有一个人被打倒，大家都会一齐倒下似的。这样一个整体，只能是无生命的东西的组合。

在街灯下，K 一再试图把自己的陪伴看得清楚些，尽管三人贴身而行，也难得做到；刚才在他那昏暗的房间里，他没能看个清楚。也许他们是男高音歌手吧，他看着他们那沉甸甸的双下巴心里想道，禁不住对这两张过分干净的脸感到恶心。他简直好像看到有一只爱干净的手擦净了他们的眼角，抹净了他们的上唇，抚平了他们下巴上的褶皱。

K 一看到这些，便停住了脚步，这两人随之也停了下来。他们站在一个空旷无人、装点着花坛的广场上。“他们为什么偏偏派你们两个来呢？”这一声，与其说是发问，不如说是喊叫。这两人显然不知如何回答是好，垂下空着的两臂，一动不动地等着，活像守候在要休息的病人跟前的护理员一样。“我不往前走了。”K试探着说。这两人也用不着再说什么，他们的手一刻也不松，想尽力推着K走去，但就是扛着不动。“反正我将不再需要太多的力气了，我现在就使尽全身的力气。”他心里想道。这时，他的脑海里突然浮现出挣扎在捕蝇纸上的苍蝇：就是挣断一条条小腿也要挣脱开来。“要叫这两个家伙尝尝架着我走可不是那么容易的。”

这时，毕尔斯泰纳小姐出现在他们的眼前；她从一条低洼的小巷出来，从通往广场的台阶走上来。看样子确实很像她，但也不完全肯定就是她。不过，真的是不是毕尔斯泰纳小姐，K哪里还有心思去关心呢？他只是突然领悟到，反抗是徒劳无益的。即使他反抗，给他的陪伴制造困难，企图在反抗中还要享受生命的最后之光，也说不上是什么英勇行为。他又挪动脚步，使这两个人大大松了一口气，他们的轻松情绪多少也感染了他。现在，他们是跟着他走；他循着前面那个小姐所走的方向走去。这并不是说他要追赶上她，或者说要尽可能久地不让她从自己的视线中消失，而仅仅是为了不忘记她的出现便意味着向他敲响了警钟。“我现在惟一能做到的，”他对自己说，而且他的脚步和其他三人的脚步协调一致也证实了他的想法，“我现在惟一能做到的，就是直到生命的最后一刻，要保持清醒的理智。我始终希望长着二十只手进入这个世界，而且是为了一个不为人所赞同的目的。这是不对的，难道现在要我表明甚至连这持续一年的官司都没有教会我什么吗？难道要我作为一个理解迟钝的人离开这个世界吗？难道说我能容许他们在我死后说，我在案子一开始就想结束它，而现在到了案子结束的时候却又想让它重新开始吗？我不愿意让他们这么说。我很感谢他们派了这两个半傻半哑、不明事理的家伙陪我走上这条路，听凭我对自己说着一切必须说的话。”

这期间，那小姐已经拐进了一条小巷。但是K再也不需要她了，听任自己跟着陪伴走去。月光下，他们和谐地走上一座桥。K每有小小的自由行动，这两个人现在也乐意听之任之了；当K稍稍朝着桥栏杆转过身去的时候，他们也一条线似的随之转了过去。河水在皎洁的月光下，波光粼粼，涟漪荡漾，围着一个小岛分流而去；岛上树木葱茏，枝叶繁茂，就像抱拢在一起似的。林中那砾石小径——现在看不到——蜿蜒曲折，两旁摆着舒适的长凳。有多少个夏天，K曾在那里随心所欲地歇息过。“我根本就不想停下来。”他冲着自己的陪伴说；他们的殷勤使K感到羞愧。在K的背后，其中一个好像轻轻地责怪着另一个，不该糊里糊涂地停下来。然后，他们继续向前走去。

三人穿过几条向上延伸的坡道，一路上不时地看到警察，有站岗的，有巡逻的；有时离得好远，有时就在近旁。有一个大胡子警察手握军刀，似乎有意走到这一伙绝非没有嫌疑的人跟前。那两个人顿时停住脚步，警察好像要开口说话了，这时 K 却狠劲地拉着他们往前走去，并不时小心翼翼地回过头去，看看那警察是不是跟在后面。当他们拐了个弯，甩开警察的时候，K 便奔跑起来，那两个人尽管跑得上气不接下气，也只好跟着一起跑。

这样，他们很快就出了城。在这个方向，一出城几乎都是广阔的田野，没有什么过渡地带。在一座依然完全是城市式建筑的房子附近，有一个荒无人迹的小采石场。到了那里，那两个人停了下来，不知道是这块地方从一开始就是他们选中的目的地呢，还是他们实在累得不能往前走了。现在他们松开了 K。K 等在那里一声不吭。他们脱下大礼帽，一边用手帕擦着额头的汗珠，一边四下察看着采石场。月光把它独有的自然和宁静泻洒在人间。

下一个任务应该由谁来执行，他们俩又是你推我让，嘀咕来嘀咕去 —— 看来他们在接受任务时，并没有得到具体明确的分工指示 ——，然后其中的一个走到 K 的跟前，脱下 K 的外衣和坎肩，最后又脱下他的衬衫。K 不由自主地打起寒战来，这人随之在 K 的背上轻轻地拍了一下，似乎在安慰他，接着把 K 的衣物认认真真地叠在一起，就像是些以后什么时候还会用得上的东西一样，哪怕不会马上用得上。为了不使 K 一动不动地呆站在这毕竟还凉飕飕的夜风中，他便架着 K 的胳膊，跟他来回走了一会儿；另一个则在采石场里寻找着一个合适的地方。他一找到地方，便招呼他们过去。于是，这人陪着 K 走过去。那地方靠近岩壁，旁边有一块采下来的石头。两个人把 K 按倒在地上，靠在那块石头旁，把他的头按在上面。可是，不管他们怎么煞费苦心，也不管 K 怎么听任摆布，他的姿势还是很别扭，显得靠不住。因此，其中一个请另一个暂时放手，由他单独来摆布 K，可是这样仍然于事无补。最后，他们只好作罢，不再摆来摆去，K 现在的姿势甚至还不如先前摆过的姿势。接着，他们其中一个解开了大礼服，从挂在坎肩皮带上的刀鞘里抽出一把又长又薄双刃锋利的屠夫刀，高高地举在手里，在月光下试了试刀锋。他们又耍起了那一套谦来让去的可憎把戏；这一个把刀从 K 的头顶上递过去，那一个又把刀从 K 的头顶上传过来。K 现在看得很清楚，当那把刀在他头顶上晃来晃去时，他似乎应该一把夺过刀来，往自己的胸膛里一戳才是。但是，他没有这样做，而是扭扭还可以自由转动的脖子，向四下望了望。他无法证明自己是完美无缺的，也无法越俎代庖，替当局来完成所有的任务。这个最终失误的责任，应该由那个拒绝给予他为此所必需的最后一点力量的人来承担。他的目光落在采石场旁边那座房子的顶层上。看到灯光一闪亮，那儿有一扇窗户打开了，一个人突然从窗户里探出身子，两只手臂伸得老远；他离得那么远，又那么高，看上去又模糊又瘦削。那是谁呢？一个朋友？一个好人？一个有同情心的人？一个愿意解人之难的人？是一个人？是所有的人？还有救吗？有没有被人忘记的申诉呢？肯定有这样的申诉。逻辑虽然是不可动摇的，但它阻挡不了一个求生的人抱有种种幻想。他从未见过的法官在哪儿呢？他从来没有能够进得去的高级法院又在哪儿呢？他举起双手，张开十指。

然而，一个人的两手已经扼住K的喉头，另一个则把刀深深地戳进了他的心脏里，而且转了两转。K瞪着白眼，又看看近在面前的这两个人彼此脸颊贴着脸颊，紧紧地靠拢在一起，注视着这最后的判决。“像一条狗！”他说，仿佛他的死，要把这无尽的耻辱留在人间。

Franz Kafka

Das erzählerische Werk

Der Prozess

残章断篇

毕尔斯泰纳的朋友

在这以后的日子里，K 无法跟毕尔斯泰纳小姐搭上话，更不消说讲几句话了。他想方设法寻求机会接近她，但是，她总会有法子避开他。K 一下班就直接回到家里，呆在房间里不开灯；他坐在沙发上，什么别的事都不干，只是一门心思地注视着前厅。间或那女用人打这儿走过，顺手关上这间看来没有人的房间的门。稍过片刻，他起来又把门打开。每天早晨，他比平时早一个钟头起床，盼着毕尔斯泰纳小姐上班时能单独碰上她。可是，试来试去，一次面都没能碰上。于是，他就给她写了封信，不光往她办公室寄，还寄到她家里去。在这封信里，他试图再次为他的行为辩白，怎么向她赔礼道歉都心甘情愿，保证从此以后，小姐怎么说，他就怎么做，不敢越雷池半步。他只求给他一次同她讲话的机会，尤其是他只要不事先跟她商量好，就不能和格鲁巴赫太太有什么安排。他最后告诉小姐说，下个星期天，他将整天呆在自己的房间里等待她的消息，或者说答应他的请求，或者说起码也要向他解释一下，为什么不能答应他的请求，尽管他已经保证对她百依百顺。寄出的信没有退回来，但也没有得到答复。相反，到了星期天，出现了一个再明确不过的信号。一大早，K 透过钥匙孔，发现前厅里有不同寻常的动静，可这动静不一会儿就真相大白了。一个法语女教师搬到了毕尔斯泰纳小姐的房间里。她是一个德国姑娘，名字叫蒙塔格，面色苍白，弱不禁风，走路有点跛，一直单独住一间屋子。她在前厅里出出进进，踢踢踏踏走了好几个钟头。她总是丢三落四的样子，不是忘了一件衬衣，就是忘了一条小布罩，或者忘了一本书，她都得专门再跑一趟，拿到新屋里去。

当格鲁巴赫太太给 K 送来早餐时 —— 自从

她上回惹怒了K以来，也没有把伺候他的事交给女佣去做；她一如既往，无微不至，没有一丝一毫的怠慢——K再也不能克制自己了，第一次打破了五天来彼此之间的沉默，跟她搭上了话。“今天前厅里为什么那么闹哄哄的？”他一边问，一边给自己倒了一杯咖啡，“能不能让人停下来呢？难道非得在星期天清理卫生不可吗？”虽然K没有抬起头来看格鲁巴赫太太，但是他却听到她如释重负似的叹了一口气。就连K这一连串严厉的问题，她也看做是对她的宽容，或者说宽容的开始。“K先生，没有人清理卫生，”她说，“蒙塔格小姐搬去跟毕尔斯泰纳小姐一起住，她出出进进忙着搬东西。”她没有再说下去，等待着K的反应，看他让不让她继续说下去。可是，K却故意要试一试她的心，若有所思地用调羹搅动着咖啡，一声不响。过了一会儿，他抬起头来看着她说：“你可放弃了你先前对毕尔斯泰纳小姐的怀疑？”“K先生，”

格鲁巴赫太太大声喊道；她一直就在盼着这个问题，便合拢起双手向K伸去，“我当时不过是随便说说，你却太当真了。我丝毫也没有想到会伤害你或别的什么人。K先生，你认识我已经够久了，我想，你会相信我所说的。你一点儿也不知道，近些日子里，我是多么难受啊！难道我会诬蔑我的房客吗？可你呢，K先生，你竟相信了！而且说什么我要赶你搬走！”“要赶你搬走”这充满激情的最后一句倾诉已经窒息在洗面的泪水里；她撩起围裙蒙住脸，呜呜地大哭起来。

“格鲁巴赫太太，你别哭了。”K说着望出窗外，独自思念起毕尔斯泰纳小姐来，想着她让一个外国姑娘住进了自己的房间里。“你别哭了。”他又劝了一遍，他从窗口转身回到房间时，看见格鲁巴赫太太还在一个劲地哭。“当时我并没有把事情看得那么严重。我们彼此都误解了。就说是老朋友吧，这种误会有时候也是难免的。”

格鲁巴赫太太把围裙拉到眼底下，想看看K是否真的消了气。“好了，说开了就没什么啦。”K说；既然他根据格鲁巴赫太太的态度判定，她的上尉侄子并没有向她吐露过什么，于是他又冒昧地补充说：“难道你真的相信，我会为了一个陌生的姑娘而跟你过不去吗？”“K先生，这话正是我要说的，”格鲁巴赫太太说，她只要一觉得没有什么约束，就不管不顾，马上会说出一些傻话来，这便是她的不幸，“我一直在问自己：为什么K先生那么百般关心毕尔斯泰纳小姐呢？为什么他会因为她非得跟我闹别扭不可呢？更何况他也知道，他说出的每一句不好听的话都会使我寝食不安的。再说这个姑娘吧，我无非是讲了亲眼看见的事实而已。”K对此没有表态；他听了第一句话，就恨不得把她从房间里撵出去，可他不想这样做。他只顾品尝咖啡，有意让格鲁巴赫太太觉得自己呆在这儿是多余的。外面又响起蒙塔格小姐在整个前厅踢踢踏踏穿来穿去的脚步声。“你听见了吗？”K用手指向门口问道。“听见了，”格鲁巴赫太太唉声叹气地说，“我说帮帮她，也叫女佣去帮她，可她固执得很，所有的东西非自己搬不可，不让别人帮忙。我对毕尔斯泰纳小姐的做法大惑不解。我常常觉得很懊恼，竟把房子租给了蒙塔格小姐这样的人。可是毕尔斯泰纳小姐居然邀她搬到一起住。”“这个根本用不着你去操心，”K一边说，一边用调羹捣着咖啡杯里剩余的糖，“这对你到底有什么损害呢？”“没有，”格鲁巴赫太太回答道，“就其本身而言，我是求之不得了。这样，我又多了一个房间，就可以让我的侄子，那个上尉住进去了。我一直很担心，他近些日子可能打扰你了。我实在没有法子，才让他住在你旁边的客厅里。他不大会体谅别人。”“你想到哪儿去了？”K说着站了起来，“这没有什么好说的。看来你大概以为我神经过敏吧，就因为我无法忍受蒙塔格小姐来来去去踢踏的脚步声，——你听，现在她又往回走了。”格鲁巴赫太太觉得自己无能为力。“K先生，要不要我去说说，让她把剩下的东西推后再搬？如果你愿意的话，我马上就去说。”“不过，她不是要搬到毕尔斯泰纳小姐的房间去住吗？”K说。“是的。”格鲁巴赫太太说，她并没有听明白K说话的意思。“既然是这样，”K说，“那就得让她把东西搬过去了。”格鲁巴赫太太只是点点头。她无可奈何，默默不语，而表面上却装出一副固执的样子，这更激起了K心头的恼火。他开始在屋里来回踱步，从窗前到门口，又从门口到窗前，借此使得格鲁巴赫太太无法溜出房间，要不她准会像平常一样溜之大吉的。

K刚好再踱到门前时，有人敲响了门。进门的是女佣，她说，蒙塔格小姐想和K先生说几句话，请他上餐厅去，她在那儿等着。K若有所思地听着女佣的传话，然后，他转过身去，用一种近乎嘲讽的目光朝大吃一惊的格鲁巴赫太太看去。这目光似乎在说，K早就预料到蒙塔格小姐会邀请他去的，这和他今天上午难免遭到格鲁巴赫太太房客的烦扰实在是不谋而合了。他打发女佣去转告，他马上就到，然后走到衣柜前去换上外衣。格鲁巴赫太太低声抱怨着那个讨厌的女人，K没有去接她的话茬，只是请她把早餐盘子端走。“你几乎一点都没有动。”格鲁巴赫太太说。“欸，你把这端走好啦！”K大声说，他仿佛觉得，是蒙塔格小姐一会儿这样一会儿那样，把这一切搅和在一起，从而使他厌恶起了早点。

当他走过前厅时，看了看毕尔斯泰纳小姐房间关着的门。可是，他没有被邀请进这屋里去，而是去餐厅里。他没有敲一敲，就直接拉开了餐厅的门。

这是一个十分狭长的房间，只有一扇窗子，屋里没有多少地方，靠门的两个角上勉勉强强斜摆着两个橱柜，其余的空间都让那长长的餐桌占去了。餐桌从门旁一直延伸到大窗前，几乎让人无法靠近窗户。餐桌已经摆好，是为许多人准备的，因为星期天几乎所有的房客都在这里用午餐。

K一进去，蒙塔格小姐就从窗口那边顺着餐桌，迎着他走上前来。他们彼此默默地打个招呼。然后，蒙塔格小姐像往常一样，与众不同地昂着脑袋说："我不知道，你是否认识我。"K皱起眉头打量着她。"当然认识，"他说，"你在格鲁巴赫太太这里住了好久了。""但是，要我看，你不大关心公寓里的事。"蒙塔格小姐说。"是的。"K说。"你坐下好吗？"蒙塔格小姐说。他们一声不吭地各自从桌子的一头拉出椅子，面对面地坐下来。但是，蒙塔格小姐立刻又站起来，她要去把自己放在窗台上的小手提包拿过来。她拖着踢踢踏踏的步子从餐厅的这头走到那头，又轻轻地晃动着那小手提包走了回来。她说："受朋友的委托，我只跟你说几句话。她本来要亲自来，可她今天感觉有点不舒服。你要谅解她，听我代她给你说。她能够给你说的，我都会告诉你。相反，我想我甚至还会给你说得更多些，我毕竟是个局外人。难道你不这样认为吗？”

“到底有什么要说呢？”K 问道。蒙塔格小姐一个劲地盯着他的嘴唇，他感到很厌烦。她自以为这样就可以左右他先要说什么。“我请求毕尔斯泰纳小姐当面谈一谈，她显然是不肯见我面。”“是这样，”蒙塔格小姐说，“或者更确切地说，根本不是那么回事，你言过其实了。一般说来，有人约你谈话，你既不能随便说什么准许，也不能随便说什么拒绝。不过，你可能会说觉得面谈没有必要，我说的就是这种情况。你既然已经把话说明了，现在我可以直言不讳地说了。你写信或捎话请求我的朋友跟你谈谈。可是，我的朋友，我至少得这样猜想，既然已经知道要谈些什么，所以，由于某些我不知道的原因，她深信，就是真的谈了话，对谁都不会带来好处。再说，她昨天才向我提起这事，只是轻描淡写地说说而已。她还说，你无论如何也不会在乎这个谈话的，你只是一时心血来潮，动了这样的念头，而且你也用不着专门解释，即使不是现在，但也要不了多久，自己就会看到这事做得多么荒唐。我接上她的话茬对她说，不过，为了把事情彻底说个明白，我倒认为给你一个明确的答复为好，这或许是解决问题的办法。我情愿当这个中介人，我的朋友犹豫了一阵子，最后听从了我的劝告。但愿我这样做也能让你称心如意。哪怕再小的事情，只要有一点点让人不明白的地方，总会使人烦恼；如果事情可以轻而易举地弄个明白，就像你们这种情况，何乐而不快去为之呢？”“谢谢你。”K 随即说道，慢慢地站起来，看了看蒙塔格小姐，然后瞟过餐桌，又望了望窗外——太阳照着对面的房子——，接着朝门口走去。蒙塔格小姐跟他走了几步，仿佛她不很信赖他似的。但是，到了门前，他们不由得退了回来；门开了，兰茨上尉走了进来。K 第一次在近前看见他。他身材高大，四十上下，肥圆的脸庞晒得黑黑的。他微微躬了躬身，向蒙塔格小姐和 K 致意，然后走到小姐跟前，毕恭毕敬地吻了吻她的手。他的动作洒脱大方。他对蒙塔格小姐的彬彬有礼和 K 对她的态度形成鲜明的对比。尽管如此，蒙塔格小姐看来并不生 K 的气，她甚至想把 K 介绍给上尉，K 似乎也觉察到了。但是，K 并不希望她来介绍；他无论是面对上尉，还是面对蒙塔格小姐，都无法做出一个笑脸来。在他的眼里，这吻手动作把她跟上尉串成了一伙，他们打着极其和善与无私的幌子，企图不让他接近毕尔斯泰纳小姐。但是，K 觉得不只是看到了这一点，他还发现蒙塔格小姐玩弄了一个无懈可击、自然是左右逢源的招数。她夸大了毕尔斯泰纳小姐和 K 的关系的重要性，同时又不择手段地耍花招，仿佛言过其实的不是别人而是K。她这是枉费心机。K什么都不想夸大，他知道，毕尔斯泰纳小姐只是一个普普通通的打字员，不会跟他扛很久的。在这种情况下，格鲁巴赫太太对他所说的那些关于毕尔斯泰纳小姐的事情，K自然不屑一顾。他离开餐厅的时候，满脑子里想的就是这些，差点儿连招呼都没有去打。他打算立刻回自己的房间去。可是，在他身后，从餐厅里传来了蒙塔格小姐一阵轻轻的笑声，顿时叫他起了一个念头，他或许可以给上尉和蒙塔格小姐这两个家伙弄点名堂瞧瞧。他四下望望，又侧耳听听，周围的房间里会不会有什么动静。四处静悄悄的，只听见餐厅里的谈话声和通向厨房的走廊里格鲁巴赫太太说话的声音。看来是好机会，K便走到毕尔斯泰纳小姐的门前，轻轻地敲敲门。屋里一点动静也没有，他又敲了一次，可是依然没有人回应。她在睡觉吗？或者她真的不舒服？或者她知道只有K才会这么轻轻地敲门，所以装作不在家里？K猜测她装作不在家，因此敲得更响；敲来敲去没有结果，他最终小心翼翼地推开门，心里忐忑不安。他这样做不仅错了，而且毫无用处。房间里一个人也没有。再说，房间已经看不到K所见过的样子，面目全非了。墙边并排摆着两张床，靠门口的三把椅子上堆满了外衣和内衣，衣柜门大开着。也许蒙塔格小姐在餐厅里神气十足地劝说K的时候，毕尔斯泰纳小姐走开了。K并不因此而觉得太沮丧，他本来就没有期盼过会那么轻轻松松的见到毕尔斯泰纳小姐。他现在试了试，无非是要气气蒙塔格小姐而已。然而，当他出来关上房门时，发现蒙塔格小姐和上尉在敞开的餐厅门口谈话，简直叫他无地自容。也许他们打K推开门以后就一直站在那里。他们装作若无其事的样子，好像并不注意，只顾低声谈话；他们注视着K的一举一动，目光就像在随随便便地谈天时一样，时而漫不经心地四下望一望。可是，这目光却沉重地压在了 K 的心头上。K 贴着墙，匆匆回到自己的房间里。

Franz Kafka

Das erzählerische Werk

Der Prozess

残章断篇

检察官

K 在银行里干了多年，已经通晓人情，深谙世道。但是，他始终觉得固定餐桌上的那一圈人非常令人钦佩；他面对自己从来也不否认，跻身于这样一个社交圈里，对他来说是一个莫大的荣幸。来往于这个圈里的人几乎都是法官、检察官和律师，也有几个非常年轻的官员和律师助理挤了进来，但是，他们只配坐在一旁默默地观望，不许在争论中插嘴，除非有人专门问到他们。不过，那样的提问大多只是为了叫这圈人开开心。尤其是检察官哈斯特尔，他通常坐在 K 的旁边，就喜欢以这种方式来出年轻人的洋相。每当他把那毛茸茸的大手摊在桌子上，面向桌子那一边时，全场顿时便肃然起敬；一旦那一边有人对所提出的问题做出反应，不过要么是无法解开其意，要么是若有所思地盯着自己的啤酒，要么是张口结舌说不出话来，甚或是——这是最糟糕的——滔滔不绝，信口开河，滥发议论，于是那帮年长些的先生们便笑逐颜开，不住地在自己的座位上扭过来转过去。这时，他们的兴致好像才勃然而起。至于涉及到真正严肃的专业话题，惟独他们才有资格参与。

K是通过一个律师，也就是银行的法律代表进入这个社交圈子的。有一天，K在银行里不得不跟这位律师一直长谈到晚上，于是，自然也就很凑巧，他们在律师的固定餐桌上一起进了晚餐，K对这个社交圈子一下子产生了浓厚的兴趣。在这里，他看到的都是些博学多识、声名显赫、在一定意义上说颇有权威的先生；他们利用饭后茶余，探求解决一些棘手的、跟普通生活联系甚远的问题，而且尽心尽力，孜孜不倦。即使他当然只有微不足道的参与机会，但他却得到了一个受益匪浅的可能，这迟早也会给他在银行里的工作带来好处。另外，他还可以借机跟法院建立一些不无好处的私人关系。这个圈子的人好像也挺欢迎他。不久，人家便把他当作商务专家来看。而且他对这类问题的看法——即便这里也并非完全没有讽刺的意味——被视做是不可辩驳的。时而也会出现两个人在评判某一个法律问题时意见分歧，他们就要求K对具体情况谈谈看法，于是争论的双方就口口声声不离K的名字，直扯到那玄而又玄的、K早已无法再跟得上的探索里。然而，他渐渐地明白了许多东西，尤其是把哈斯特尔律师看成了一个站在自己一边的好顾问。这人也很友好地接近他。K甚至常常晚上陪着他回家去。但是，他好长时间都很不习惯肩并肩走在这个巨人的身旁，他觉得他简直是给埋没在律师的大袍下而黯然失色。

但是，在这期间，他们几乎如胶似漆地黏在一起；教育的差异，职业的不同，年龄的悬殊，全都不存在了。他们彼此来来往往，仿佛他们向来就是不可分割的一体。如果说在他们的交往中，从表面上来看有一个占上风的话，那么这个占上风的不是哈斯特尔，而是K，因为他那直接赢得的实践经验在大多数情况下保持着优势，这是从法院办公桌上永远不可能得到的。

自然，这种友谊不久便在固定餐桌圈上成为人所共知的事了。而谁把K引进了这个社交圈子，多半已被人们遗忘了。现在不管怎么说，哈斯特尔成了K的保护伞；一旦他坐在这里的资格遭到怀疑时，他就可以完全有理由打出哈斯特尔这张王牌来。不过，K因此获得了特别的优待，因为哈斯特尔是一个既受人尊敬，又让人望而生畏的人物。他那法人思维的力量和精明虽然十分令人仰慕，可在这一方面，有许多人至少跟他势均力敌。然而，他维护自己看法的粗野，是谁都望尘莫及的呀。K深有感触，哈斯特尔要是不能说服自己的对手，至少也要叫他畏惧三分；只要一看见他那伸张开的食指，许多人都会退避三舍。然后，他却行若无事，照样跟老相识和老同事兴冲冲地谈论深奥的问题。实际上，无论在这里发生什么事，都绝对不会扫去他一丝一毫的兴致，仿佛对手被遗忘了似的，——然而对手则是默不作声，能摇摇头就算是有勇气了。叫人看了几乎感到尴尬的是，哈斯特尔一旦发现对手坐得距他很远，觉得如此相隔无法达成共识的时候，他便把菜盘往后一推，慢慢地站起身来，亲自走上前去。坐在旁边的人随之都仰起头来，注视着他的神色。当然，这样的事只是偶尔发生。首先，他几乎只是在谈到有关法律问题时才会情绪激动，也就是说，主要是涉及到他办过的和正在办的案子。要是不关这样的问题，他便显得和和气气，从容不迫，笑得和蔼可亲，吃得也尽情，喝得也开心。他甚至可能根本就不去听那平平淡淡的谈话，而是转向 K，把胳膊搭在 K 的座椅扶手上，低声向 K 询问银行里的情况，也给 K 讲自己工作上的事，或者跟女人的交往；这种交往像在法院的工作一样，给他带来了同样多的麻烦。在这个圈子里，从来没有看到他跟任何别的人谈得如此推心置腹。实际上，只要有人有求于哈斯特尔——大多都是求他去促成跟同事之间的和解——往往先去找K，求他引见，K总是乐意为之，而且不用费吹灰之力。他对谁总都是彬彬有礼，谦虚恭让。在这一点上，他从不仗着跟哈斯特尔的关系而妄自尊大，而且他很善于恰如其分地划分这圈里人的等级，待人接物，因人而异，这比彬彬有礼和谦虚恭让更为重要。当然，在这一方面，哈斯特尔对他谆谆教诲，孜孜不倦，这也是哈斯特尔本人在激烈的争论中惟一不会受到伤害的准则。因此，他对那些坐在一旁，几乎还谈不上级别的年轻人说起话来，始终是堂而皇之，仿佛他们不是一个个有名有姓的人，而是被捏成一堆的乌合之众。然而，恰恰是这些人，对他却毕恭毕敬；

每当他快到十一点钟起身要回家时，马上就会有一位迎上前去，帮他穿上那沉甸甸的大衣，另有一位则恭恭敬敬地为他打开门扶着，当然一直要扶到K跟在哈斯特尔后面一道离去。

起初，K陪着哈斯特尔，或者说哈斯特尔陪着K走一程，但到了后来，这样的夜晚通常便挪在哈斯特尔的家里而告终；他总是请K一起去他的住所里，跟他再呆一阵子。于是，他们还很可能一起度过个把钟头，又是喝酒，又是抽烟。这样的夜晚使哈斯特尔如醉如迷，甚至当他把一个名叫海伦的女人领到家里住的几个星期里也不肯放过。那是一个不很年轻的黄皮肤胖女人，黑鬈发盘绕在额头上。K最初看到的只是床上的她；她一般都躺在那儿，简直不知羞耻，习惯于看着一本借来的小说，并不理睬他们的谈话。可是，当他们谈得很晚时，她便伸开四肢躺在床上，打着哈欠。要是她用别的招数不能引起对她的注意，就会拿起自己的书扔向哈斯特尔。于是，哈斯特尔笑眯眯地站起身来，K也只好起身告辞。不过到了后来，当哈斯特尔开始厌腻起她的时候，她变得神经质似的，存心不让他们在一起好过。这期间，她总是衣冠楚楚，等候着这两位先生，平常穿着一身她很可能自认为是既富贵又得体的衣裳，实际上则是一套装饰繁琐的老式舞会礼服，尤其让人不堪入目的是那几排挂在上面当装饰的流苏。这套衣裳到底是什么样儿，K 不得而知，因为他在某种程度上拒绝去打量她；他坐在那儿数小时之久，总是半低着眼睛。但是，这女人不是摇摆着身子在屋子里荡过来荡过去，就是坐在 K 的旁边。后来，当她的地位愈来愈守不住的时候，她出于无可奈何，甚至试图竭力来靠近 K，做给哈斯特尔看，惹他嫉妒。即使她裸露出那肥圆的背靠在桌子上，把脸贴近 K，想这样迫使他抬起眼睛来看一看，这也不过是无可奈何而已，并不是什么恶意的行为。她这样做只能使 K 拒绝以后去哈斯特尔那里。过了一些日子，等K再去那儿的时候，海伦已经被彻底打发走了。K觉得这是理所当然的事。这天晚上，他们在一起呆得特别久，在哈斯特尔的提议下，欢庆了他们之间结成的兄弟友谊，喜庆的烟酒使K在回家的路上几乎有点迷醉。

真凑巧，第二天早上，在银行里商量业务的时候，经理说起他好像昨天晚上看见过K。如果他没有弄错的话，K是跟检察官哈斯特尔臂挽臂走着。经理好像觉得这很奇怪，他——当然这也符合他平日一丝不苟的态度——提起那个教堂，说到就在教堂的一侧，喷水池的附近碰见了他们。要是他想要描述一场幻景，也不过如此绘声绘色而已。既然这样，K便向他解释说，检察官是他的朋友，他们确实昨天晚上从教堂旁边走了过去。经理惊奇地笑了笑，并且请K坐下。这正是那样一个时刻，也正是因为有这样的时刻，K才那么喜欢经理；在这短暂的时刻里，从这个体弱多病、咳嗽不止，而且工作繁忙、责任重大的人身上流露出某种对K的幸福和前程的关心。这样的关心，要让其他在经理跟前经历过同样时刻的职员来看，当然可以称做是冷酷和流于表面；它不是什么别的东西，正是一个行之有效的手段，靠着牺牲两分钟的时间，结果把能干的职员长年累月地捆缚在自己的身上，——不管怎样，在这样的时刻里，K拜倒在了经理的手下。或许也是经理跟K谈话与跟其他人稍有不同，莫非他忘记了自己身为上司的地位，要这样与K为伍——更确切地说，在平常的业务来往中，他总是这样做——但是，此时此刻，他似乎偏偏忘记了K的地位，跟K讲起话来，就像是跟一个孩子似的，或者就像是跟一个刚刚步上谋职的路，出于某种摸不透的原因引起了经理好感的天真无知的年轻人似的。毫无疑问，要不是K觉得经理的关心是真心实意的话，或者要不是正如在这样的时刻所表现出来的这种关心可能完全使他心醉神迷的话，他是不会容忍这样一种讲话口气的，无论是别的人也好，还是经理本人也罢。K 意识到自己的弱点，也许其原因就在于，他在这一方面确实还留下了一些孩子气。他从来就没有得到过自己那过早死去的父亲的关心，很快就离开了家，而且向来宁愿拒绝，也不愿诱来母亲的温柔。母亲依然生活在那个永久不变的小城里，眼睛也不好使了,K 大约有两年没有去看望她了。

“对于这个友谊，我可是一无所知。”经理说。惟有一丝轻轻而友好的微笑和缓了这句话的辛辣。

Franz Kafka

Das erzählerische Werk

Der Prozess

残章断篇

拜访爱尔萨

有一天，K 正要出门，有人打来电话，要求他立刻到法院办公室去。他们警告 K 别桀骜不驯。他们说 K 发表了闻所未闻的言论：他把审讯看得一文不值，不会有什么结果，也不可能有什么结果；他不会再去接受审讯，也不会理睬电话或书面传讯，并且要把法院的使者从门里扔出去。所有这些言论都记录在案，而且已经给他带来了种种不利。他究竟为什么不愿意顺从呢？难道人们不惜时间和费用，不就是关心着怎样审理清楚他这个棘手的案子吗？他是有意要在其中作怪，非要把事情弄到采取强力措施的地步不可吗？迄今人们对他宽了再宽，容了再容。今天的传讯是最后一次机会。他可以随心所欲，但是他要想一想，高级法院是容不得任何人戏弄的。

既然 K 这天晚上已经约好去拜访爱尔萨，

那他就可以拿这个理由不去出庭；他很高兴可以借机为自己不去出庭作辩解，尽管他当然从未这样为自己辩解过，而且即使他这天晚上无所事事，他很可能也不会出庭。他意识到自己的权利，总是在电话里问，如果他不去的话，会怎么样。“人们总归会找到你的。”对方回答道。“我没有自动去出庭，会受到惩罚吗？”K问道，他面带笑容，期待着会听到点什么。“不会的。”对方回答道。“好极了，”K说，“可我还有什么理由要接受今天的传讯呢？”“人们一般不会把法院的权力手段往自己身上引。”那个变得越来越微弱的、最后消失的声音回答道。“如果不这样做，就太欠考虑了，”K离开屋子时心想道，“的确应该试图领教一下那些权力手段是什么样儿。”

K毫不犹豫，驱车驶往爱尔萨那里。他惬意地靠在车厢的角上，两手插在大衣口袋里——天气已经开始凉了——，兴致勃勃地领略着熙熙攘攘的街景。他心里颇有几分满意地想道，万一法院今晚真的开庭，他也没有给它造成任何麻烦。他电话里并没有表明他是出庭还是不出庭；因此，法官等也好，也许甚至一大庭人等也好，惟独K不会到场，特别让那些顶层楼座的听众会感到失望。K不为法庭所动，直驶向他要去的地方。一瞬间，他竟不敢肯定，是不是由于心不在焉而把法院的地址告诉了车夫，他又向车夫大声说出爱尔萨的地址。车夫点了点头，先前告诉给他的正是这个地址。从这时起，K渐渐地忘记了法院，他的思想又像以前一样完全萦绕在银行里。

Franz Kafka

Das erzählerische Werk

Der Prozess

残章断篇

明争暗斗

一天早上，K 觉得比以往任何时候都精神焕发，气宇轩昂，他几乎把法院抛在了脑后，即使他偶有牵思，但他似乎感到，仿佛随手去抓住一个无疑隐藏着的、只有在暗中才摸索得到的把柄，就能够轻而易举地捉住这个无边无际的庞大组织，把它连根拔掉，砸个粉碎。他那异乎寻常的状况甚至诱使他把副经理请到自己办公室里来，共同商量一项已经催了好些时间紧着要办的业务。每当遇上这样的时机，副经理都会装模作样，好像他跟 K 的关系在最近几个月里并没有发生一丝一毫的变化。他从容不迫地走过来，就像从前总是与 K 比高低的时候一样；他泰然自若地倾听着 K 的讲述，时而插上几句亲密无间，甚至志同道合的话来表示他的关注。惟独让 K 迷惑不解的是，副经理对业务上的事坚定不移，矢志不渝，打骨子里愿意接受这种事，但是，其中却很难看出有什么意图。然而，面对这个履行职责的楷模，K 的脑袋立刻沉溺于如醉如迷的遐想之中，几乎不假思索地把这项业务交给副经理去办。曾经有一次，他们之间发生过一件很不愉快的事，K 最后只能眼睁睁地看着副经理突然站起身来，一声不吭地回到他的办公室去。K 不知道是怎么回事；可能是谈话正常结束了，但是，同样也可能是副经理忽然中断了谈话，要么是 K 无意中伤害了他，要么是他在胡说八道，或者是副经理认定 K 听得心不在焉，脑子里转着别的事情。不过，甚至也可能是 K 做出了荒唐可笑的决定，或者是副经理故意诱使 K 做出这样的决定，以便他当即就迫不及待地拿它来算计 K。再说，他们后来再也没有提到这件事，K 不愿意去想它，副经理则守口如瓶。不过，这事看来暂时，甚至以后也不会产生什么明显的后果。但是，不管怎么说，K 并没有被这事所吓倒；只要一有合适的机会，只要稍有精力，他就会站到副经理的门口，不是去找他，就是叫他过来。他从前见了副经理总是躲躲闪闪，这样的日子现在一去不复返了。他不再指望一夜之间就能取得决定性的成功，从而一下子会使自己摆脱所有的烦恼，自然而然地恢复与副经理固有的关系。K意识到，他不能自暴自弃；一旦他退缩了，也许面临的实际情况要求他这样做，那么可怕的是，他可能永远不会再有出头之日了。不能让副经理以为K完蛋了而洋洋得意，要叫他抱着这个念头在自己的办公室里坐卧不宁，必须叫他心神不定，一定要尽可能不断地让他知道，K还活着，他像所有生灵一样活着，有朝一日，他会崭露出新的才华，让人刮目相看，即使他今天显得如此不被人放在眼里。有时候，K也对自己说，他玩这一套，无非是为了争强好胜，因为他明知道自己的弱点，却一再去跟副经理作对，长其威风，而且给他提供观察和随时根据眼前的现状有的放矢地制定对策的机会。这样做，其实不会给K带来任何好处。但是，K简直无法改变自己的态度，他成为自欺欺人的俘虏。有时候，他深信正好现在可以无牵无挂地跟副经理较量一番，但一次次惨败的教训却不会使他翻然醒悟；他十次努力都不成功的事，却相信第十一次会如愿以偿，尽管一切自始至终都一个劲儿地朝着不利于他的方向发展。每当他这样会面以后精疲力竭，汗水淋淋，脑袋里一片空虚而留下来的时候，他并不知道是希望，还是绝望迫使他去找副经理。但是，到了下一次，却又不过是抱着赤裸裸的希望，急不可待地走到副经理的门口。

今天也同样如此。副经理马上就走了进来，紧在门旁停住脚步，依照新近养成的习惯，拭了拭他那夹鼻眼镜，先看看K，然后更仔细地看看整个房间，免得他观察K的时候太惹人注意。看样子，仿佛他借着这个机会在检查自己的视力似的。K 顶住了他的目光，甚至微微一笑，请副经理坐下。他自己一下子坐进他的扶手椅里，把椅子尽量地挪到副经理的跟前，立刻从桌上拿来必要的文件，开始了他的汇报。起初，副经理好像不怎么在意听。在 K 的办公桌桌面上，四周镶着一道雕刻的浅花边。这个办公桌可谓是精美的杰作，而且花边紧紧地镶在木头里。但是，副经理却装腔作势，好像他正好现在发现那儿有一处松动，于是，他伸出食指，按到花边上，试图去把它修复。K 随之要停止他的汇报，但副经理却不容许，他说自己一字不漏听得仔细，听得明白。可是，当 K 暂时还不能使副经理不得不谈出自己具体看法的时候，这花边好像在要求着特别的规则似的，因为副经理此刻掏出他的小折刀，又拿起 K 的直尺两面对着试图把花边撬起来，无非是为了把它再镶进去时能够省事些，压得更深些。K 在他的汇报里写进了一个完全新颖的建议，而且期望能够对副经理产生特别的影响。他讲到这个建议时，简直口若悬河，滔滔不绝；银行的工作如此强烈地吸引着他，或者更确切地说，他现在觉得自己在银行里还有一席之地，而且他的思想有力量证明他的存在。他为这种变得越来越少有的意识而如此兴致勃勃。甚至他觉得这种自我辩护的方式不仅在银行里，而且在打官司时也许都是最可取的，也许要比他已经尝试过的，或者准备尝试的任何其他辩护都有效得多。K 急于一气讲下去，哪里还顾得上专意把副经理的注意力从摆弄花边上引过来。在念报告的过程中，仅有两三次，他用那只自由的手安抚似的掠过花边，几乎自己也弄不明白是怎么回事，好像以此要向副经理表明，这花边完美无缺，即使会发现有什么毛病，可此时此刻，专心倾听比什么修复工作都重要，也更合乎礼貌。但是，就像常常发生在那些活跃的、专注于脑力工作的人身上一样，副经理一头扎进了这种手艺活里。这时，花边的一块真的被撬了起来。接着就是把那些小插柱再插到原来的孔位上。这个工作比先前所做的一切都要困难，副经理不得不站起来，试图用两只手把花边压进去。但是，无论他怎样竭尽全力，那花边却执意不肯就位。在念报告——他更多是连念带讲——的过程中，K只是隐隐约约地感觉到副经理站起来了。尽管他对副经理摆弄花边的一举一动几乎一直看在眼里，但是他却以为副经理的举动跟他的报告有什么联系。K便也站起来，指头按在一个数目下边，向副经理递过一份文件去。然而，这期间，副经理却发现两只手压来压去不顶用，便当机立断，把全身的重量压在花边上。这下子当然成功了，那些小插柱咔嚓一声入了孔。可是，匆忙间，有一根小插柱折断了，还有一处上面那精巧的镶边断成了两块。“劣质木料。”副经理气恼地说，放弃了K的办公桌，坐……

Franz Kafka

Das erzählerische Werk

Der Prozess

残章断篇

法院

起初，K 并没有什么确切的意图，只是利用各种各样的机会，设法去打听那个最先公开他这桩案子的机构在哪儿。他轻而易举地打听到了；他无论是向梯托雷里还是向沃尔夫特打听，他们都确切地告诉了他那家机构的门牌号。后来，梯托雷里又面带一种他向来对那秘而不宣、没有让他来评定的意图所持的微笑，补充了他的答复；他声称，恰恰是那个机构一点作用也不起，它只能说出人家让它要说出的话，惟有那庞大的检察机关的最高机构才是至关重要的。但是，它对被告来说则是可望而不可即的。因此，如果谁对检察机关有什么愿望的话 —— 当然，人们始终会有许许多多的愿望，但是，要把它们都说出来并非什么时候都是明智的 —— 那当然就不得不去求助于所说的那个下属机构。可这样一来，他不但无法接近那个真正的检察机关，而且也永远不会使他的愿望到达那儿。

K 对这个画家的本质已经了如指掌，所以，他既不反驳，也不进一步去探问，只是点着头，一声不吭地听着他侃侃而谈。就折磨人而言，他又一次觉得梯托雷里绰绰有余地充当了那律师的角色，他近来已经常常有这样的感受。与之不同的只是，K 并没有那样委身于梯托雷里；只要愿意，他随时都可以毫不犹豫地甩开他。其次，梯托雷里多嘴多舌、口无遮拦，甚或夸夸其谈，即使是现在比以前有所收敛。再则，K 就自己而言，也够折磨梯托雷里一番了。

而且在这件事上，K 也是这样做的；他谈起那家法院来，听他的口气往往让人觉得，仿佛他向梯托雷里隐瞒着什么似的，仿佛他已经跟那个机构建立起了关系，但这种关系还没有发展到能够万无一失公开的地步似的。但是，当梯托雷里迫不及待地要追问下去的时候，K 却戛然而止，久久不再提这个话题。他耽于这种小小的收获，于是他便相信，他现在把法院外围的这帮人看得太清楚了，已经可以随心所欲地来玩弄他们，几乎跻身于他们之中，至少不时地能够获得对法院更为概括的了解。在某种程度上说，因为他们处在法院的最低一级，才有可能获得这样的了解。即使有一天他会失去他在这低层的位置，又有什么大不了呢？即便这样，那儿也依然是一个可能的避风地，他只需躲进这些人中间就行了；如果他们由于自己等级的低下或者其他原因而帮不了他打官司的话，他们倒会接纳和包容他。也就是说，只要他把一切考虑周全，暗中实施，他们便绝对不会拒绝以这种方式来帮他的忙，尤其是梯托雷里不会拒绝，因为 K 现在成了他的知心人和救济者。

K 怀着这样或者类似的希望，但并非天天如此。他一般仍然仔细地区别对待，谨防疏漏或者略过任何一个困难。但是，有时候 —— 大多是下班后的晚上，他处于极度疲惫的状态 ——，他会从白天那微不足道的，再说也是模棱两可的事件中吸取安慰。下班后，他通常就躺在自己办公室的长沙发上——他不在这长沙发上躺着喘息个把钟头，就不可能离开自己的办公室——，思绪潮涌，观察接踵而至。他的思想并不是难堪地局限于那些跟法院有关的人身上。在半睡半醒状态中，形形色色的人物混为一团，于是他忘记了法院那伟大的工作，觉得好像自己是惟一的被告，所有其他人都乱七八糟地穿梭在法院大楼的走道里，有法官，有律师，还有那些麻木不仁的家伙，下巴撑在胸前噘着嘴，眼睛露出呆滞的目光，好像在认真负责地深思似的。于是格鲁巴赫太太的房客们始终结成一帮，浮现在他的眼前；他们张着嘴，磕头碰脑地挤在一起，就像一个控告合唱团。他们之中有许多素不相识的人，因为K已经好久根本不去过问公寓的事情了。然而，正是因为有这许多素不相识的人的缘故，他觉得进一步去跟这帮人打交道不是滋味，但有时为了在那儿找毕尔斯泰纳小姐却不得不违心为之。比如说，他的目光一飞过这帮人，迎面突然闪现出一对完全陌生的眼睛，拦住了他的目光。于是，他便找不到毕尔斯泰纳小姐。但是，当他为了避免任何过失，接着又一次去寻找的时候，却发现她正好让这群人围在中间，胳膊搭在旁边两个人的肩上。面对这种情景，他几乎是无动于衷，特别是因为已经屡见不鲜了，只是陷入那难忘的回忆，回忆起他曾经在毕尔斯泰纳的房间里看到过的一张海滨浴场照片。这种情景驱使着K远离开这群人。即使他还经常回到这里来，但他现在却迈着大步，匆匆而过，纵横穿梭于法院的大楼里。他越来越熟悉这里所有的办公室，觉得自己从来不可能看见过的、被遗忘的走道显得格外熟悉，仿佛它们从来就是自己的住所似的；这里的一点一滴一人一物极其鲜明地印在他的脑海里。比如说，有一个外国人在前厅里踱步，他的穿着酷似一个斗牛士，束紧的腰身就像刀切的一般，那短得出奇的、紧紧地绷在身上的上衣挂着淡黄色的粗线花边。这个人一刻不停地踱着步，不间断地让K惊奇地注视着他。K弯着腰，围着他蹑手蹑脚地走来走去，极力瞪大眼睛，惊奇地注视着他。那花边上的所有图案，每一个有缺陷的流苏，那短上衣的一摆一动，K都看得清清楚楚，但是他还没能看个够。或者更确切地说，他不是早已看厌了，就是压根儿不想看得更仔细。可这副打扮却不放过他。“外国人展示出了什么样的化装！”他心里想，眼睛睁得更大。他跟随着这个人，直到他猛地翻过身，脸埋到皮沙发上为止。

Franz Kafka

Das erzählerische Werk

Der Prozess

残章断篇

探望母亲

吃午饭的时候，K 突然想起来，他要回家去看望母亲。眼看春天就要过去了，过了这个春天，他已经有三个年头没有去看望母亲了。当时，她要求 K 过生日时就回到她那儿去，尽管他有许多事情缠身，还是答应了这个要求，甚至给她许诺，每个生日都在她那儿过。但是许诺归许诺，他已经两次没有信守自己的诺言了。为此，他现在不想再等到生日那一天了，哪怕只有十四天也罢，而是要立刻驱车前往。他显然也对自己说，并没有什么特别的理由偏得现在回去不可。相反，他每两个月定期从堂兄那里得到的消息比以往任何时候都要让人放心。堂兄在那个小城里经营着一家商店，K 寄给母亲的钱都由他来管理。母亲的眼睛快要看不见了。但是，几年来，K 根据医生的诊断，已经预料到迟早会这样。与之相反，她的其他状况变好了，各种老年疾病非但没有加重，反而减轻了，至少她抱怨少了。按照堂兄的说法，这也许跟她最近几年来变得无限的虔诚密不可分，——K上次看望母亲时，已经隐隐发现的某些迹象，几乎叫他反感。在一封信里，堂兄十分形象地描述说，老太太以前只能是步履蹒跚，艰难行走，而现在，当他星期天领着她去教堂时，她便挽起他的胳膊，几乎迈着轻快的大步走去。K是可以相信堂兄的。这人一向谨小慎微，无论报告什么情况，宁可少报喜多报忧。

然而，无论怎样，K现在下定决心要回去一趟。除了其他令人不愉快的事情外，他新近又发现自己在某种程度上很容易伤感，近乎毫无理由地企图听命于自己的一切欲望，——既然如此，在这种情况下，这种偏执的做法至少有利于一个良好的动机。

他走到窗口，想稍微集中一下自己的思想，然后立刻让把午饭端下去，并派办事员去格鲁巴赫太太那里，告诉她要外出，取来手提包；而且让格鲁巴赫太太帮他打好提包，她觉得需要装什么随她便。接着，他向库纳先生吩咐了几项他外出期间应该处理的业务。这一次，K对库纳的习气几乎没有动怒；库纳先生接受任务时，总是偏着个脸，已经习以为常了，仿佛他该要做什么，心里完全有底，而且把分派任务仅仅只是当作走过场忍受着。最后，他去找经理，请求经理准他两天假去看望母亲。经理自然问道，K的母亲是不是病了。“没有。”K说，他没有再说下去。他站在屋子的中间，两手交叉在背后。他皱起眉头沉思着。也许他对准备外出的事太性急了吧？呆在这儿不更好吗？他要去那儿干什么呢？他莫非是凭着一时的感情冲动才要去那儿吗？难道凭着一时感情冲动就不怕在这儿误了重要的事吗？几星期来，这案子似乎搁置下来了，他几乎没有听到一个确切的消息。可现在，时刻都可能出现干预的机会。再说他的突然出现不会吓坏母亲吗？他当然不会存心这样，但这种事却会违背他的意愿轻而易举地发生，因为现在就有许多事情违背他的意愿发生了：其实母亲根本就没有盼望他回去。以前堂兄来信，总是一再重复着母亲急切地盼望着他回去，现在已经好久不再提了。因此，他不是为了看望母亲而回家去，这是不言而喻的。然而，如果他因为自己的缘故，抱着某种希望去的话，那他就是一个地地道道的白痴。而且即使到了那里，也只会在最后的绝望中自食其白痴行为的恶果。但是，他决不改变初衷，明知不可而执意要去，仿佛所有这一切疑虑不是他自己的，都是别人企图强加给他似的。这期间，经理无意地、或者说很可能是出于对 K 的体谅而埋头在一张报纸上，现在抬起眼来，起身握住 K 的手，没有再提什么问题，祝愿他旅途顺利。

K 回到他的办公室里，踱来踱去，在等待着办事员回来；他几乎一声不吭地拒绝了一再跑进来打探他为什么外出的副经理。他终于等来了手提包，便立刻跑下楼去，径直奔向预先订好的马车。K 已经跑到了楼梯上的时候，就在这最后一刻，银行职员库里希又出现在楼梯上，他手里拿着一份起了头的函件，显然要请求 K 给以批示。虽然 K 挥手拒绝了他，可是这个金发大脑袋的家伙反应却是那么迟钝。他误解了 K 的意思，手里挥动着那张文稿，跨着十分危险的步子，急不可待地追下楼梯。K 见此火冒三丈，等库里希在门外台阶上赶上他时，便一把从他手里抓过那份函件撕了个粉碎。K 上了车回过头来时，看到库里希站在原地一动不动，痴痴地目送着离去的马车，好像没有意识到自己的失误。而站在他身旁的门房则脱下帽来深深地致意。这么看来，K 的确还是银行里的一个头面职员。如果库里希要否认的话，门房会给予驳斥的。而且 K 的母亲甚至不顾任何反唇相讥，把

K 当成银行的经理，几年来已经是这样了。在她的眼里，无论 K 的声望会遭受到怎样的伤害，K 是不会沉下去的。也许这是一个好的征兆，他正好在出发前使自己深信，他还可以一如既往，从一个甚至跟法院有关系的职员手里夺过函件来，不管三七二十一撕个粉碎，而他则安然无恙。当然，他恨不得照着库里希那张苍白的圆脸打两记响亮的耳光。但是，他不可以这样做。